오후를 찾아요。

사라진 오후를 찾아 떠난
카피라이터의 반짝이는 시간들
오후를 찾아요

초판 1쇄 발행 2017년 9월 25일
초판 2쇄 발행 2018년 6월 3일

지은이 박솔미

기획편집 김소영
기획마케팅 최현준
디자인 Aleph Design

펴낸곳 빌리버튼
출판등록 제 2016-000166호
주소 서울 마포구 양화로11길 46(메트로서교센터) 5층 501호
전화 02-338-9271 | **팩스** 02-338-9272
메일 billy-button@naver.com

ISBN 979-11-88545-02-5 03810

· 책값은 뒤표지에 있습니다. 파본은 구입하신 서점에서 교환해 드립니다.
· 빌리버튼은 여러분의 소중한 이야기를 기다리고 있습니다.
아이디어나 원고가 있으시면 언제든지 메일(billy-button@naver.com)로 보내주세요.

이 도서의 국립중앙도서관 출판예정도서목록(CIP)은 서지정보유통지원시스템 홈페이지(http://seoji.nl.go.kr)와
국가자료공동목록시스템(http://www.nl.go.kr/kolisnet)에서 이용하실 수 있습니다.(CIP제어번호:CIP2017023826)

오후를 찾아요。

사라진 오후를 찾아 떠난
카피라이터의 반짝이는 시간들 .

박솔미
지음

billy button
빌리버튼

차례

prologue

Afternoon of Seoul

파리의 햇살도

뉴욕의 오후도

로마의 노을도 좋지만

매일

우리의 등 뒤로도

서울의 빛이

쏟아지고 있습니다.

뒤돌아보면

분명히

환한 인사를 건네고 있을 거예요.

인사를 받아줄 시간과 마음이

우리에게 늘

모자랐을 뿐이지요

서울의 오후

"오후가 사라졌다."

아이고. 아이고. 우리는 늘 바쁘다. 오늘 하루도 아이고 소리를 몇 번이나 내뱉었는지 모른다. 해야 할 일이 많고, 해야 할 말이 많고, 가야 할 곳도 많다. 열심히 일하고, 또 열심히 놀기 위해 바삐 움직인다. 우리는 봐야 할 것도 많다. 눈을 뜨고 있는 동안에는 그것이 무엇이든 언제나 '보고' 있다. 생에 한두 번으로 꼽을 만큼 온 마음을 다해 관찰하는 것이 있고, 매일 물을 마시듯이 자연스럽게 챙겨보는 것도 있으며, 마지못해 꾸역꾸역 들여다보는 것들도 있다. 첫 번째는 남들과 비슷한 사이로 만나기에는 도저히 참을 수 없는 감정에 늘 곁에 두고 싶은 사람의 얼굴이겠다. 두 번째는 사람들이 SNS에 포스팅한 저마다의 소식들. 세 번째는 서류나 문제집 혹은 각종 고지서인 경우가 많겠다.

나는 매일 아침 거울 앞에서 관찰을 시작한다. 매일 챙겨보는 나의 얼굴은 평생 보아온 것인데도 질감과 굴곡 그리고 밀도에 차이가 있다. 맑고 보드라운 날이 있는가 하면 거칠고 파삭한 날이 있다. 옷의 매무새도 매일같이 다르다. 나는 옷을 심심하게 입을 때 가장 나다운 모습을 갖추었다고 생각하는 사람이다. 그래서 거울 속의 나는 주로 흰색, 회색, 남색 그리고 검은색 중 하나의 옷을 입고 있다. 머리는 낮고 동그랗게 묶는다. 그런데도 옷을 입고, 머리를 묶은 모습에서 매일 다른 점이 관찰된다. 그래서 더욱 세밀하게 보게 된다.

내가 나의 얼굴만큼이나 자세히 봐온 것은 바로 시간일 테다. 태어나서 지금까지 나는 매년, 매달, 매주, 매일, 매시간, 매분, 그리고 매초마다 시간을 관찰해왔다. '바람 끝이 뭉툭해졌네. 곧 봄이 오겠다.' '9월은 산책하기에 참 좋은 달이야.' '31일이구나. 어쩐지 바쁘다 했네.' '아, 월요일은 역시 구려.' '4시만 되면 배가 고프다니까.' '망했어. 30분이나 늦었다.' '10초만 더 버티고 쉬자….' 몇 살 때부터였을까? 눈에 보이지 않는 시간이라는 개념을 눈앞에 두고 보듯 뚜렷하게 이해하기 시작한 것은. 언제인지 모를 그때부터 지금까지,

나는 시간이 가진 성격과 분위기를 끊임없이 관찰하고 있다. 봄이 가진 보드라움과 9월이 가진 청명함. 31일이 가진 어수선함과 월요일이 가진 피로함, 그리고 오후 4시가 주는 시장기까지. 30분은 속을 새까맣게 태우는 반면, 10초는 엄청난 성취감을 가져다준다는 것까지도. 나는 이렇게 시간이 가진 질감을 들여다보는 것을 즐긴다. 카피라이터로서 아이디어를 만들고 글을 쓸 때도, 시간을 관찰하며 알게 된 것들을 많이 활용했다. 하루를 몇 분절로 쪼개어 들여다보거나, 계절이 흘러가는 모양새에 대해 써내려가다보면 좋은 힌트들이 떠올랐다.

시간이 가진 여러 매력 중 내가 최고로 꼽는 것은, 지나가버려도 다시 볼 수 있다는 점이다. 흔히들 시간은 한번 흘러가버리면 되돌릴 수 없어 야속하다고 말한다. 그러나 조금만 각도를 옮겨서 생각해본다. 어쩌면 시간은 언제나 그 자리에 그대로 있는지도 모른다. 끊임없이 반복되기 때문이다. 예를 들어 봄이 가는 것은 참 아쉬운 일이다. 하지만 여름과 가을을 지나 겨울을 마치고 나면, 봄은 어김없이 봄의 자리에 돌아와 있다. 인간은 계절의 가장 보드라운 부분을 구분해서 '봄'이라고 이름 지어 불렀다. 그렇게 봄을 봄이라고 부른 최초의 시대부터 지금까지, 지나간 봄이 돌아오지 않은 적은 단 한 번도 없었다. 나의 하루도 그렇다. 아침으로 시작해 오전과 오후를 지나 저녁을 맞는다. 이윽고 밤이 찾아오면 곧 새벽을 만나게 된다. 그렇게 한 바퀴를 돌아와보면 아침 9시는 아침 9시의 자리에 그대로 있다. 변하는 것은 그 아침을 보내는 나의 모습이나 태도일 뿐이다.

나에게 아침은 늘 어디론가 나서기 위해 준비하는 시간이었다. 그 목적지가 유치원에서 초등학교, 중고등학교, 대학교 그리고 회사로 변했을 뿐이다. 오전도 그렇다. 주로 어떠한 역할을 잘해내기 위해 기합을 넣으며 몰두하는 시간이었다. 역시, 바뀌고 있는 것은 누군가에게 이름 대신 불리는 명찰 정도가 아닐까. 어린이였다가, 학생이었다가, 대리님 혹은 선생님… 개인적으로 나는 지금 엄마라는 명찰 하나를 더 얻었다. 대단히 영광스러운 명찰이라 생각한다. 엄마의 오전은 그 어떤 명찰을 갖고 보냈던 오전들보다 커다란 에너지를 요구한다. 하지만 그 어떤 명찰보다 보상 또한 빠르다. 아이는 기분이 좋을 때면 누구도 의식하지 않고 마음껏 웃는다. 그 웃음을 볼 때면 나는 세상의 모든 근심과 피로를 잊어버린다. 참으로 두둑한 보상이다.

다시 본론으로 돌아와 시간에 대해 더 생각해본다. 아, 저녁과 밤. 저녁과 밤에 대해 이야기하자면 마음이 조금 억울해진다. 요즘 가장 주목받고 있는 시간들이기도 하다. 쉽게 누릴 수 없게 되었기 때문이다. 저녁이 있는 삶을 바라는 모든 이들처럼, 나도 어렸을 때나 누려보았던 그 시절의 저녁과 밤을 그리워한다. 참으로 저녁다운 저녁이었고, 밤 같은 밤이었기 때문이다. 가끔은 사무치도록 예전으로 돌아가고 싶을 때가 있다. 저녁을 먹을 때면 식구들 모두 식탁에 둘러앉았다. 아빠나 엄마가 야근을 이유로 자리를 비웠던 적이 없었다. 학원 심야반 같은 것을 이유로 나와 내 동생의 식탁이 따로 차려졌던 적도 없었다. 네 사람이 모두 밥공기를 싹싹 긁으며 오늘 있었던 일에 대해 말했다. 그것이 우리 가족의 저녁이었다. 후식으로 사과를 먹으며 다 함께 뉴스를 보던 저녁. 아빠와 엄마가 혀를 쯧쯧 차기도 했고, 소리 내어 웃기도 했던 저녁. 밤은 또 얼마나 달콤했는지 모른다. 내일이 오는 것이 그저 즐겁기만 했던 나이에는 더욱 그랬다. 라디오를 켜놓고, 디제이의 목소리가 가진 결 하나하나에 집중하던 밤이 많았다. 오늘도 만났고, 내일이면 또 만날 친구들에게 편지를 쓰던 밤. 읽고 싶은 책을 졸릴 때까지 읽던 밤. 그러다 잠이 들면 그만이던 밤.

어느 때부턴가 나는 이렇게 저녁과 밤을 추억 속에서나 헤아려본다. 직장 생활을 시작한 후로는 저녁과 밤을 주로 억울한 마음으로 보냈다. 저녁을 저녁답게 보내지 못하는 것 때문에 늘 쩔쩔맸다. 그러다 밤을 맞으면 이내 초조해졌다. 그런 부당한 밤조차도 지나가는 것이 아까웠다. 또 다시 파이팅을 외쳐야 하는 아침이 돌아오는 것이 달갑지 않았다. 어쩌다 야근이 없어 저녁과 밤을 온전히 누린 날도 있었다. 그럴 때면 로또에 당첨된 듯 감사했다. 생각할수록 치사한 일이다. 하루 한 바퀴를 돌며 당연히 만나야 할 시간들에 대해 머리를 조아리게 만들다니.

내가 저녁과 밤을 다시 제대로 만난 것은 아기를 낳고부터다. 아이를 낳고 또 기르기 위해 1년간 휴직을 했다. 그러고는 드디어 저녁과 밤의 자리에서 저녁과 밤을 만날 수 있게 되었다. 다시 만나기까지 오랜 시간이 걸렸지만, 저녁다운 저녁과 밤 같은 밤은 내가 추억하던 모습 그대로였다. 안락하고, 맛있고, 또 다정했다. 그래서 나는 또 한 번 깨닫는다. 시간은 늘 그 자리에 있다고. 이것은 운이 좋게도 1년간 모든 것을 내려놓고 그 자리로 돌아가볼 수 있었던 내가 남기는 증언이다. 저녁과 밤은 그 자리에 그대로 있다. 우리가 그리로 가기면 하면 된다.

하지만 또 한 가지 내가 익히 잘 알고 있는 것이 있다. 우리는 모든 것을 내려놓고 저녁과 밤의 자리로 돌아가기 곤란한 사람들이라는 것이다. 이 세상이, 사회 구조가, 시선이, 형편이, 눈치가, 예산이, 스케줄이, 계획이, 희생정신이, 너무 많은 생각들이, 또는 아무런 생각 없이 대세를 따르려는 모습이 우리를 가로막고 있다. 저녁과 밤의 시간으로 되돌아가기 위해 우리는 반드시 무엇인가를 포기해야만 한다. 아, 괘씸하다. 어쩌다 저녁이 이렇게 억울한 시간이 되었단 말인가.

씁쓸한 마음을 뒤로하고, 나는 더욱 그리운 시간에 대해 말해보려고 한다. 그것은 바로 오후. 나에게 오후는 아예 멸종해버린 시간인 것 같다. 거기 있는 것은 아는데, 그리로 가지 못하는 사정이 있어서 발을 동동 구르는 저녁이나 밤과는 다르다. 오후와는 영영 못 볼 이별을 해버린 것 같다. 입시를 목표로 공부하는 것이 나의 직업이 되고부터 지금까지, 내가 전에 알던 오후는 이 땅에서 모두 증발해버렸다. 철봉에 거꾸로 매달려 뒤집어진 운동장을 관찰하던 오후. 친구의 주머니에서 우수수 쏟아지는 동전을 보며 웃었던 오후. 모래밭에 쏟아진 동전을 찾으며 놀던 오후. 친구와 컵떡볶이를 사 먹으며 반에서 제일 좋아하는 남자애 이야기를 하던 오후. 내가 말하려는 그 남자애를 친구도 말할까봐 가슴 떨렸던 그 오후. 어제부터 아빠와 따로 살게 되었다고 털어놓던 친구가, 진짜진짜 비밀이니까 아무에게도 말하지 말라며 울먹였던 오후. 적당한 위로의 말을 찾지 못하고, 되려 친구보다 더 크게 울어버린 그 오후. 그 애틋한 오후들이 나에게서 사라져버린 것이다. 대학생이 되고, 회사원이 되고, 박 대리가 되고, 아내가 되고, 심지어는 서른이 되고, 엄마가 되어도… 내가 그 무엇이 되어도, 그때 그 오후는 다시 볼 수 없었다.

오후는 어디에 있을까? 적어도 이 서울에서는 완전히 자취를 감춰버린 것 같다. 내가 아는 오후라고는 모든 것을 다 내려놓고 멀리 여행을 떠나서야 만날 수 있었던 이국의 오후들뿐이다. 서울에서는 회의를 하느라, 보고서를 쓰느라 혹은 수업을 듣거나 알바를 하느라 오후는 늘 후루룩 지나가버렸다. 정신을 차려보면 시계는 늘 저녁 6시나 7시를 가리켰다. 하지만 일상을 떠나 멀리 여행을 갔을 때, 오후는 좀 다르게 흘러갔다. 오후 2시, 3시, 4시, 5시가 한 박자 한 박자 정박으로 지나갔다. 느리게 지나가는 오후들은 나에게 생각을 정돈할 수 있는 여유를 주었다. 흩어져 있는 나의 생각들을 한

일상을 떠나 멀리 여행을 갔을 때,
시간은 좀 다르게 흘러갔다.
오후 2시, 3시, 4시, 5시가
한 박자 한 박자 정박으로 지나갔다.

데 모아 촘촘하게 엮을 수 있게 해주었다. 그렇게 생각이 한 장 두 장 짜여지면, 나는 그것을 잘 개서 기억 가까운 곳에 차곡차곡 쌓아두었다. 다시 바빠져도, 쉽게 꺼내볼 수 있도록 말이다.

이 책을 위해 나는 열두 개의 오후를 골랐다. 서울에서부터 멀리 떠나야만 도착할 수 있었던 열두 개의 도시를 기억 속에서 꺼내본다. 가깝게는 2시간이 걸리는 삿포로, 또 멀리는 21시간이나 걸리는 베르겐까지. 두 손에 가득 쥐고 있었던 '오늘 해야 할 일'을 내려놓고, 어디로든 떠나야만 겨우 만날 수 있었던 오후들. 그 오후가 나에게 들려준 이야기들을, 지금부터 시작한다.

Afternoon of Paris

무심코 흥얼거리는 음악이

걸음의 리듬이 되고

눈빛의 장르가 되고

얼굴의 분위기가 되지요

오늘 당신의 BGM은

무엇인가요?

아,

말하지 않아도

알 것 같아요

파리의 오후

"좋아한다. 내가 좋아하는 것을."

내가 스물여섯이던 해, 여름 휴가지를 파리로 결정했을 때의 일이다. 파리로 여행을 떠난다고 말했더니 사람들은 저마다의 파리 견문록을 들려주었다. "여긴 꼭 가봐! 안 가면 후회할 거야!" "파리에 간다고? 그럼 이건 꼭 먹어봐야 해." "한국에서 미리 입장권을 사서 가. 그럼 돈을 아낄 수 있어." 사실 내가 바란 건 그렇게 중구난방으로 쏟아지는 추천 목록이 아니었다. 내가 기대한 것은 "좋겠다." 혹은 "즐겁게 지내다 와." 정도의 담백한 맞장구였다. 하지만 사람들은 마치 하나라도 더 챙겨서 보내주려는 시골 할머니 같았다. "어머, 그럼 너 이건 꼭 해야 해."라는 문장으로 시작하는 그들의 여행기를 끝없이 나에게 늘어놓았다.

처음에는 그 모든 추천 목록들을 잘 들어보려고 노력했다. 나는 대체로 남의 이야기를 잘 듣는 편이다. 그렇지만 갈수록 듣는 것이 힘에 부쳤다. 마음속에서 심드렁한 얼굴을 한 하마가 연신 하품을 해댔다. 궁금하지도 않은 파리 견문록을 꾸역꾸역 듣다보니, 결국엔 이상한 반항심까지 불쑥 솟아났다. '거기는 절대 안 갈 거야!' 못된 속마음이 뾰루지처럼 툭툭 올라왔다. 결국 나는 단 한 줄의 여행 정보도 챙기지 않은 채로 파리행 비행기에 올랐다.

그런데 막상 파리에 도착해서는 바로 그 '못된 마음' 때문에 혼쭐이 났다. 마음에 들지 않았으니 제대로 듣지도 않았던 터라 어느 것 하나 기억이 나질 않았다. 하지만 아주 멋들어진 여행을 해야 한다는 강박관념은 나를 초조하게 만들고 있었다. '어디로 가야 잘 가는 걸까? 뭘 해야 잘 하는 걸까?' 머릿속에서 질문들이 윙윙거렸다. 뭘 대단히 잘한 날은 하루도 없었다. 겨우 찾아간 마켓이나 카페는 좌표대로 도착해봐도 보이지 않았다. 기어이 찾아낸 곳은 문을 닫았거나 공사 중이었다. 그렇게 가는 곳마다 허탕이었고, 먹는 것마다 감흥이 없었다. 나름 맛있는 샌드위치와 에스프레소를 마시면서도 나는 '이것보다 훨씬 맛있는 음식이 어딘가에 따로 있을 텐데'라는 생각뿐이었다. 공원에 앉아 빛을 쬐면서도 '여기보다 더 좋은 공원이 있을 텐데'라고 생각했다. 편집숍을 구경하면서도, 파리의 진짜 멋쟁이들이 다니는 숍은 여기가 아니라 다른 곳에 있을 거라고 확신했다. 그곳에서 맞게 된 나의 생일에도 특별한 계획이 있을 리 만무했다. '아, 뭘 해야 하지? 오늘은 내 생일이잖아. 무조건 특별해야 해. 어딜 가면 대단한 하루를 보낼 수 있지?' 속이 배배 꼬여갈 때쯤 나는 포스터를 하나 발견했다.

비발디 사계, 8월 20일 밤 8시, 마들렌 성당

나는 단 한 줄의 여행 정보도 챙기지 않은 채로
파리행 비행기에 올랐다.

나는 바이올린과 매우 친한 사람이다. 어깨 위에 바이올린을 올렸을 때 코끝에 맴도는 나무 향을 좋아한다. 바이올린이 가진 소리와도 매우 친하다. 가느다란 현에서는 날카로운 소리가 나고, 두꺼운 현에서는 묵직한 소리가 난다. 그 두 소리가 공기에서 함께 섞이는 것을 들을 때 나는 행복감을 느낀다. 바이올린이 가진 음들을 가만히 앉아서 감상할 때도 있고, 직접 연주를 해볼 때도 있다. 피아노 선생님인 엄마의 권유로 아홉 살 때부터 지금까지 바이올린 연주를 하고 있다. 취미로, 아주 가끔씩, 하지만 아주 오랫동안 바이올린과 함께 살아왔다.

그런 내 눈앞에 바이올린 연주회 포스터라니. 파리 여행을 계획한 후 내 입으로 "어머, 이건 해야 해."를 외친 것은 그때가 처음이었다. 그것은 파리로 출발하기 전에 수없이 들었던 타인들의 "어머, 이건 해야 해."와는 차원이 다른 데시벨을 갖고 있었다. 내 마음이 그렇게 이야기하는 것이니까, 내

귀에는 더 크고 분명하게 들렸다. 나는 입장권을 구입하기 위해 곧장 성당으로 달려갔다. 유럽 아니랄까봐 아주 오랜 시간을 기다려서야 입장권을 판매하는 중년 남자를 만날 수 있었다. 그는 문을 열고 작은 나무 의자와 책상을 들고 나왔다. 거기에 앉아 종이를 작게 찢어서는 이렇게 썼다. '8월 20일 밤 8시, 15번' 날짜와 시간, 그리고 대기 순서를 적어서 내게 건넨 종이. 그 쪽지가 바로 연주회 입장권이었다.

드디어 밤 8시. 그러니까 나의 생일 밤이자 특별해야만 하는 밤이 시작되었다. 깔끔한 슈트를 입은 어느 음대 교수가 바이올린 솔로 연주를 시작했다. 그리고 퍼스트 바이올린 둘, 세컨드 바이올린 둘, 비올라 둘, 첼로 둘로 구성된 작은 오케스트라가 그 뒤를 따랐다. 그들은 시선으로 호흡을 맞추며 비발디의 4계절을 풀어나갔다. 무대 가장 바깥에 앉는 오케스트라 단장은 악보에서 눈을 떼지 않았다. 나머지 일곱 명은 단장의 움직임에서 눈을 떼지 않았다. 많이 연습한 곡은 표시가 날 정도로 완벽했고, 어딘가 서투른 연주곡에서는 어색함이 보였다. 솔로 연주자는 활을 갖고 노는 법을 알았다. 특히 오른팔의 완급을 조절하는 데 능숙했다. 바이올린 연주를 처음 감상했을 때, 나는 왼손가락이 현란하게 현을 누르는 것에 감탄했다. 하지만 바이올린 연주를 실제로 해본 뒤에는 감상의 각도가 조금 달라졌다. 이제는 활을 긋는 오른팔의 완급이 능숙하게 조절되는 모습에 더욱 큰 감탄을 하게 된다. 기교를 부리는 것보다 힘을 조절하는 것이 훨씬 어렵다는 것을 알기 때문이다.

솔로 연주자와 첼로 연주자가 눈을 마주쳤다. 그러다 둘은 별안간 웃음을 터뜨렸고, 연주가 조금 흔들렸다. 어쩌다 눈을 마주치면 웃음이 나올 정도로 둘 사이에 오랜 농담들이 쌓여 있음을 짐작할 수 있었다. 연주는 계속되었지만 이번엔 관객석에서 웃음소리가 들리기 시작했다. 나도 함께 웃고 있었다. 그리고 나는 확신했다. 드디어 나의 파리 여행이 특별해지고 있다는 것을. 연주회가 끝나고 성당을 나오며, 나는 오래 기억해도 좋을 만큼 중요한 사실 하나를 깨달았다. 파리로 출발하기 전, 내게 밤마다 성당에서 열리는 작은 연주회를 추천해준 사람은 단 한 명도 없었다는 것을.

아무쪼록 사람은 자신이 좋아하는 것을 좋아하며 살아야 한다. 자신에게 어울리는 것과 어울리며 살아야 한다. 어쩌다 남의 옷을 입은 것 같은 날이 있다. 하루 종일 불편한 표정으로 거울을 살펴보다가 하루를 허비해버린다. 남과 비교하고, 남의 눈치를 보고, 또 남의 셈법으로 계산하고… 인생이 통째로 그러하다고 생각하면 얼마나 아까운 일인가. 나는 아직도 '내가 무엇을 좋아했더라?' 혹은 '어떤 마음을 가졌을 때 즐거웠더라?' 하는 질문들 앞에서 답을 찾지 못하고 헤매는 경우가 많다. 나의 애인이었던 사람이, 나의 남편이, 나의 친구가, 내가 좋아하는 그 언니가, 사실 그리 가깝지도 않은 회사의 누군가가, 심지어는 아주 희미한 기억 속의 누군가가 무엇을 좋아했었는지는 도리어 잘 기억하는 편이다. 그런데 정작 똑같은 문장의 주어를 나로 바꾸었을 때, 나는 아주 깊이 집중해야만 한다. 그마저도 애써 집중을 하기보다는 남은 하루를 대충 흘려보내는 쪽을 택하는 날이 많다.

나 자신이 자꾸만 공중으로 흩어져버리는 것 같을 때 나는 파리의 오후를 생각한다. 사람들이 알려준 추천 목록들을 억지로 펼쳐보지 않았던 당돌한 나를 기억해낸다. 그 누구의 추천 덕분이 아닌, 오직 내가 좋아하는 것을 실마리로 발견할 수 있었던 마들렌 성당의 연주회. '내가' 파리를 제대로 여행하는 방법에 대한 '나의' 정답은 바로 거기에 있었다. 누군가 파리에 간다고 하면 나는 기쁨이 충만한 얼굴로 이렇게 말할 것이다. 아니, 이렇게만 말할 것이다. "좋겠다. 잘 다녀와." 파리에 가면 뭘 해야 하느냐고 혹시라도 물어봐준다면, 나는 그제야 조심스럽게 말을 꺼낼 것이다. 성당에서 열린 작은 연주회에 대해. 그러고는 그 사람이 좋은 여행을 하길 진심으로 바라며 이렇게 덧붙일 것이다. "파리에 도착하거든, 본인이 진짜 좋아하는 것을 따라가보세요. 평생 더 좋아할 수 있도록, 파리가 도와줄 거예요."

아무쪼록 사람은

자신이 좋아하는 것을 좋아하며 살아야 한다.

Afternoon of London

쉬지 않고 달리는 걸 보니

단거리 선수인가 보군요?

저는 때때로 숨 고르며

천천히 갑니다

아주 멀리 가야 하는

마라톤 선수라서요

런던의 오후

"대놓고 못하는 것도 있어야죠."

나는 계산을 정확히 못한다. 하나도 빠짐없이 체크하고, 실수가 없도록 살펴보는 일은 내게 취약이다. 나의 이 '못하는 일'은 회사에서 유난히 크게 표시가 난다. 팀장님이 카피 문구에서 다섯 개의 수정사항을 일러주면, 나는 꼭 한 가지는 빼먹고 네 가지만 고쳐서 들고 간다. 그것도 아주 보란 듯이. 나의 이러한 기질은 가끔 대형 사고를 일으키기도 한다.

광고 일을 시작한 지 3년째 되던 해의 일이다. 광고회사에서는 촬영을 하기 전에 각 장면을 어떻게 촬영할지 세세히 적어놓은 일종의 계획표를 만든다. Pre Production Meeting Book인데, 줄여서 PPM북이라고 부른다. 이름에서 알 수 있듯이 촬영 전에 모든 스태프가 모여 일종의 점검 회의를 할 때 필요한 문서이다. 당시, 이전에 만든 PPM북이 너무 빈약해서 새로 보충된 버전의 PPM북이 필요한 상황이었다. 나는 PD님한테 새로운 PPM북을 받아 팀장님한테 전달하기만 하면 됐다. 하지만 이 단순한 노동의 과정에서 가늠해볼 수 있는 최대치의 실수를 했다. 새로운 PPM북을 받았음에도 제대로 확인하지 않고 이전의 것을 프린트해서 가져다드렸던 것.

결국 똑같은 PPM북을 받아보았으니 팀장님 눈에는 보충된 것이 하나도 없는 셈이었다. 당연히 크게 실망을 한 팀장님은 PD님한테 전화를 걸어 화를 내셨다. PD님은 일단 죄송하다고 연신 말씀하시다 좀 이상하다는 생각이 드셨다고 한다. '나름대로는 보충을 한다고 했는데. 그렇게 별로인가? 좀 이상한데?'라고 속으로 생각하셨단다. 뒤늦게 "근데 제대로 보고 계신 것 맞아요? 그 정도는 아닐 텐데요…."라고 말씀하셨다. 팀장님이 뒤늦게 확인해보니, 아뿔싸. 이것은 새로운 PPM북이 아니었던 것. 더 정확히는 내가 덤벙대다가 예전의 PPM북을 갖다드린 것. 나는 그날 따끔하게 혼이 났다. 무엇보다 괜한 두 사람을 무능력한 사람과 나쁜 사람으로 만든 것이 잘못이라고 하셨다. 백 번 맞는 말씀이다. 정말로 잘못을 했다.

이렇게 큰 실수에서부터 웃고 넘어가는 작은 실수들까지. 나는 나의 꼼꼼하지 못한 점 때문에 늘 괴로웠다. 실수하는 모습을 사람들에게 보이거나, 그 일이 두고두고 우스갯거리로 회자되는 것이 싫었다. 하지만 그것이 끔찍이도 싫었다면, 나는 진작 덜렁대는 버릇을 고쳤을 것이다. 내가 어디 그토록 야무진 사람이었던가. 나는 괴로운 감정조차도 덤벙대며 잘 잊어버렸다. 내 마음속의 '이런 건 제발 좀 고치고 살자' 목록은 갑자기 꽉 채워졌다가도, 이내 텅 비워졌다. 좋게 말하면 맘 편히 사는 사람이고, 또 나쁘게 말하면 발전 없이 사는 사람이다. 기분 좋은 어느 날에는 이렇게 스스로를 위로하기도 했다. '아, 나는 큰 그림을 보는 리더형 인재인가봐. 작은 디테일은 눈에 잘 들어오지 않네. 얼른 승진해서 팀장이 되어야지. 작은 디테일은 팀원들이 챙겨주면 되니까.'

팀장들이 들으면 코웃음을 쳤을 이 위로를, 나는 스스로에게 슬쩍 건네곤 했다. 그런 기질의 사람으로 태어났는데 어쩌란

말인가. 내가 백 번을 읽어봐도 완벽한 문서에서, 다른 사람은 딱 한 번 읽고도 틀린 점을 발견해낸다. 서른이 넘도록 이렇게 꼼꼼하지 못한 사람으로 살고 있다. 더 잘할 수 있는데 못하는 것도 아니고, 원래는 안 그러는데 오늘따라 긴장해서 그러는 것도 아니다. 오늘만은 실수하지 않겠다고 심장을 부여잡아봐도 아닌 건 아닌 거다. 나는 꼼꼼한 사람이 아니다. 그래서 오히려 뻔뻔하게 구시렁댄다. '내가 가진 단점이 아니라, 장점을 써먹을 수 있는 일을 시켜주세요. 이런 건 꼼꼼한 사람에게 시키시고요. 그게 훨씬 더 효율적이에요.'

이런 나의 '못하는 일'을 가장 많이 알고 있는 사람은 아무래도 나의 남편일 것이다. 함께 살기 때문이다. 그는 미우나 고우나 내가 무엇인가를 못하는 모습과 함께 살아야 하는 운명을 선택했다. 나의 단점을 이해해주고, 심지어는 귀여워해주는 그도 종종 폭발할 때가 있다. 함께 여행을 할 때다. 함께한 거의 모든 여행에서 나는 크고 작은 실수를 했다. 그중에서도 런던에서의 일들을 되돌아본다.

런던은 생각보다 깨끗한 도시였다. 뉴욕이나 파리는 아주 멋진 도시이지만, 동시에 매우 낡고 지저분한 곳이기도 하다. 런던은 조금 달랐다. 오래된 공간을 잘 가꾸어가고 있다는 자부심이 골목마다 묻어 있었다. 여느 새롭고 깨끗한 도시가 흉내 낼 수 없는 연륜. 허투루 시간만 쌓아가고 있는 공간이 절대로 넘볼 수 없는 질서. 이 두 가지가 함께 놓여 있었다. 그런 곳에서 오직 단 한 사람만이 온몸으로 뒤뚱거리며 질서를 흩트려놓고 있었다. 바로 나였다. 나는 자전거를 잘 못 탄다. 나에게 두 발을 땅에서 떼어놓아야 하는 운동은 전부 익스트림 스포츠나 다름없다. 그래서 웬만하면 두 발을 바닥에 붙여놓고 살려고 한다. 그런 나에게 당시에는 사귄 지 1년 된 애인이었던 남편이 제안을 해왔다. 자전거를 타고 템스 강을 따라 달리자는 것이었다. 아무리 자전거를 못타는 나라지만 그런 로맨틱한 제안을 거절할 수는 없었다. 심지어 그가 저렇게 다정한 눈빛으로 물어오는데 말이다. 당시 그를 향한 나의 마음은 아주 각별했다. 지금의 남편이 될 사람이었으니, 무엇이든 함께하고 싶었던 심경이 이해될 것이다. 나는 그렇게 덥석, 런던의 공공자전거를 빌려 템스 강을 따라 달렸다. 아니, 달리려고 애썼다. 앞서가는 애인의 뒤를 쫓아 뒤뚱뒤뚱.

오래된 공간을 잘 가꾸어가고 있다는 자부심이 골목마다 묻어 있었다.
어느 새롭고 깨끗한 도시가 흉내 낼 수 없는 연륜.
허투루 시간만 쌓아가고 있는 공간이 절대로 넘볼 수 없는 질서.

자전거를 탈 줄 아는 여느 보통 사람들이 매끄럽게 지나가는 길을, 나는 커다란 지그재그를 그리며 지나갔다. 런던 사람들이 오랜 시간 쌓아올린 질서라는 개념이 단번에 무너졌다. 누가 봐도 불안하게 핸들을 움직이며 다가오니, 잘 다니던 사람들마저도 이리 피할까 저리 피할까 하다가 끼익하고 멈춰 서기 일쑤였다. 아, 대단한 민폐였다. 어느 넓은 다리를 건널 때는 몸을 추스르지 못하는 나 때문에 모든 버스가 멈춰 있었다. 온몸에서 미안함이 땀처럼 흘렀다. 그럴수록 자전거 페달은 더 엉뚱하게 구르는 것 같았다. 모든 사람들이, 특히나 나의 애인이 제발 좀 잘해보라는 눈빛으로 쳐다볼 때의 기분이란… 그는 신나게 달리다가도, 멈춰 서서 나를 기다려야 했다.

어쩌다 한 번 오게 된 런던인데, 본인은 얼마나 시원하게 달려보고 싶었겠는가. 하지만 그는 가다 말고 뒤를 돌아보며 나를 걱정해야 했다. 게다가 자신은 아무 잘못도 하지 않았는데 사람들에게 연신 "Sorry"라고 말해야 했다. 그에게 죄가 있다면 자전거를 못 타는 여자친구를 둔 죄뿐. 그는 참다 참다 폭발했다. 자전거를 잘 타지도 못하면서 왜 빌렸느냐고, 자전거를 빌리기 전에 못 탄다고 말을 했어야 한다고 화를 냈다. 나는 우물쭈물하다가 이렇게 말했다. "잘 못 타는데… 런던에 왔으니까 같이 타는 게 멋있을 것 같아서." 그는 어이없다는 표정으로 고개를 저었다. 어쩌다 런던에 대한 이야기가 나오면 나는 대번에 이날의 오후를 떠올린다. 자전거를 타고 뒤뚱댔던 런던의 오후. 그때를 회상하는 나 역시 어이없는 표정으로 고개를 젓게 된다.

최근에 수영을 배우기 시작했다. 수영도 나의 '잘 못하는 일' 중 하나였다. 발이 닿지 않는 거대한 물속에 몸을 띄우는 일에는 대단한 용기가 필요했다. 이제 수영을 할 수 있게 된 나로서는, 예전의 내가 왜 그토록 물속을 무서워했는지 이해할 수 없지만 말이다. 나는 아주 오랜 시간, 얼굴이 물속에 잠기고 동시에 발은 땅에 닿지 않는 순간을 극도로 두려워했다. 그런 내가 남편의 강력한 추천에 등을 떠밀려 수영장을 찾아갔다. 아기를 낳고 100일이 지났을 때였다. 하루 종일 아기 돌보는 것에만 몰두했던 나에게, 홀로 밤 수영을 한다는 것은 전혀 새로운 세상으로의 다이빙이었다.

물속에서 나는 마치 걸음마를 배우는 아기 같았다. 누군가 잡아주지 않으면 아무것도 할 수 없었다. 선생님과 받침대를 엄마처럼 의지했다. 물속에서 해야 하는 발차기나 호흡, 팔 돌리기와 같은 동작들은 역시나 나의 '못하는 일'이었다. 그러나 예전에 나의 실수나 서투름 앞에서 작아졌던 것과는 달리, 웬일로 나는 아주 떳떳할 수 있었다. 심지어 기쁘기까지 했다. 내가 수영을 아주 못해도, 이 수영장에 있는 누구에게도 피해를 주지 않는다는 안도감. 여기에는 나에게 잘 좀 해보라고 채근하는 사람이 단 한 명도 없다는 자유로움. 심지어 나를 아는 사람이 여기에 있대도 어쩔 텐가. 수경과 수모로 얼굴의 반 이상을 가린 데다 몸을 물에 푹 담그고 있으니 아무도 나를 알아보지 못할 것이라는 은밀함까지. 모든 것이 완벽했다. 수영장이라는 세계는 내가 못하는 일을 더 완벽히 못할 수 있도록 허락해줬다. 못하는 일을 마음껏 못할 수 있다니! 시원한 쾌감이 몸속으로 파도치며 밀려왔다.

내가 두 발을 딛고 있는 이곳, 서울 땅에서는 모든 것을 말끔히 잘해내야만 한다. 내가 30년의 중력을 고스란히 느끼며 서 있는 이곳, 서른 살의 세계에서는 실수가 실력이 되어버린다. 게다가 이곳, 박 대리의 자리는 나의 부족함 때문에 동료들이 피해를 보는 아찔한 자리다. 심지어 엄마라니. 엄마는 뒤뚱대도, 덤벙대도, 푸다닥 넘어져도 안 된다. 아기까지 다치기 때문이다. 나는 이렇게 여러 중요한 지점에 걸쳐져 있다. 대부분의 사람들이 이렇게 여러 일을 동시에 잘 해야 하는 인생을 살아간다. 일을 잘해야 하고, 놀기도 잘 놀아야 하고, 취미도, 요리도, 사랑도, 운전도, 결혼도, 여행도, 다이어

트도, 저축도, 메이크업도, 블로그도 잘해야 한다. 휴…. 잘해내야 하는 것들을 세어보다 열 손가락이 모자랄 때면 나는 수영장을 생각한다. 그리고 내가 느꼈던 자유로운 물의 감촉을 기억해낸다.

누구에게나 이런 수영장 같은 곳이 하나쯤은 있어야 한다. 내가 못하는 것을 대놓고 못할 수 있는 곳. 시원하게 넘어지고, 미련 없이 삑사리를 내고, 계산을 마음껏 틀릴 수 있는 곳이 필요하다. 그래야 마음의 근육이 이완되고, 영혼에 살도 좀 붙어서 표정에 윤기가 흐르게 된다. 돌이켜 생각해보니 나는 누군가가 헛발질을 할 때 의외로 그 사람에게서 매력을 느껴왔다. 얄미울 정도로 완벽하게 끝난 문장의 마침표에서가 아니라 하나 정도 귀엽게 틀린 맞춤법 같은 곳에서 웃곤 했다. 물론 매일 헛발질을 하는 사람이 오늘도 헛발질을 할 때를 말하는 것은 아니다. 똑 소리나는 경제 분석가가 어쩌다 거스름돈 계산 앞에서 주춤거릴 때. 나지막한 목소리로 문학을 논하던 교수님이 '수고햇따'라는 코멘트를 문자로 보내왔을 때. 자기 관리에 철저한 선배가 치맥 앞에서 무너질 때. 그 작은 실수들이 사람 전체를 미워 보이게 하는 일은 드물다. 오히려 그 때문에 사람에게 매력이라는 것이 더해지는 경우가 대부분이다.

당시 나의 애인이었던 남편도 아마 그러지 않았을까. 우리의 런던 여행을 누군가에게 소개할 때, 그는 늘 나의 자전거 실력에 대해 이야기한다. 처음에는 사람들 앞에서 자꾸 내 흉을 보는 그를 원망했다. 하지만 오래지 않아 나는 알게 되었다. 우리가 런던에서 자전거를 탔던 이야기를 할 때마다 남편의 입술에서 웃음이 피식피식 새어 나온다는 것을. 그렇다. 그는 나의 자전거 실력을 좋아하고 있는 것이다. 아니라면 또 어떤가. 그렇게 믿고 사는 거지. 무엇인가를 잘하지 못해 전전긍긍하는 날, 나는 런던의 오후를 알약처럼 꺼낸다. 그리고 수영장 초급반 레인에서 물을 많이도 마셨던 날을 생각하며 꿀꺽 넘긴다. '못해도 된다. 그래서 내가 매력이 있는 것이다'라고 생각하며.

Afternoon of Bergen

봄이 가면

여름이 오고

가을을 지나

겨울을 만나고

또 다시

봄이 시작되기를

수천 번, 수만 번

한 번도 빠뜨림 없이

제 시간에 찾아오는데

오고 가는 계절을

손꼽아 기다리는 건

무슨 마음일까요?

BRYGGEN HANDEL
KNUT SKURTVEIT
BRYGGEN HUSFLID

베르겐의 오후

"멋없는 것도 아주 오래하면, 그게 멋."

노르웨이의 수도는 오슬로다. 한국에서 오슬로로 가려면 14시간의 비행을 해야 한다. 그리고 오슬로에서 기차로 7시간 반을 더 가면 베르겐이라는 항구 도시가 나온다. 한국에서 무려 21시간이나 떨어진 이곳에 내가 가장 좋아하는 건물들이 있다. 브뤼겐 지구의 목조 건물이다. 디자인을 전공한 남편은 처음에 이 건물들을 보고 시각적으로 불편하다고 했다. 그 말을 듣고 자세히 뜯어보았더니, 따닥따닥 붙어 있는 건물들은 일정하지 않은 간격으로 뒤틀려 있었다. 삐딱하게 기울어진 건물은 곧 무너질 것처럼 불안했다. 그런데 참 신기했다. 그 시각적인 불편함 때문에 그 건물 앞으로 수많은 여행자들이 몰려들었다. 모두가 거기에서 사진을 찍었다. 뒤틀린 목조 건물은 분명, 사람들에게 사랑을 받고 있었다.

브뤼겐 지구의 목조 건물은 지어진 지 400년이 되었다. 원래는 바닷가 상인들이 생선을 파는 시장이었다고 한다. 오랜 시간 동안 바닷바람을 맞으며 나무들은 뒤틀리기 시작했다.

목조 건물의 나무가 뒤틀렸다는 것은 사실상 망가졌다는 뜻이다. 구조가 변형되고, 기둥이 기울어지고, 벽면이 삐뚤어지고 있는 공간. 그것은 어쩌면 다 부숴버리고 새로 지어야 마땅한 건물인지도 모른다. 하지만 베르겐 사람들은 그것을 그냥 그대로 두었다. 그것도 400년 동안이나.

예컨대 40년 된 건물이 기울어지고 삐뚤어졌다면 사람들은 이것을 고치려 들었을 것이다. 기둥도 새로 손보고, 기울어진 나무도 새것으로 교체하는 것이 옳다고 판단했을 것이다. 하지만 400년이라는 시간 앞에서는 이야기가 달라진다. 400년 된 나무들을 새것으로 교체해버리자는 말을 함부로 할 사람은 없을 것이다. 소금기를 머금은 묵직한 바닷바람이 400년 동안 매일같이 나무에 부딪혔다. 그 시간들은 꼬박꼬박 나무에 어떠한 작용을 했고, 건물은 아주 멋있는 각도로 기울어졌다. 서쪽에서 부는 바람은 서쪽의 건물을 동쪽으로 밀어냈고, 동쪽에서 부는 바람은 동쪽의 건물을 서쪽으로 밀어냈다.

그렇게 해서 건물들은 서로에게 기대기 위해 일부러 삐딱하게 서 있는 모양을 가지게 되었다. 건물을 새로 손볼 수 있는 시간을 놓쳐버린 결과가 이렇게 아름답다니. 그것 참 아주 절묘하게 잘 놓쳐버린 타이밍이다.

나는 400년이라는 시간이 보여주는 멋 앞에서 많은 생각을 했다. 쌓여 있는 시간만큼 무겁고 또 커다란 것이 있을까. 시간을 꼬박꼬박 모아둔다는 것은 참으로 위대한 일이다. 하루가 지나고, 그 하루가 쌓이면 시간은 어제보다 더 두꺼워져 있다. 그렇게 또 하루가 지나면 그 하루만큼 더 두꺼워진다. 그렇게 400년을 지나면 아무도 따라할 수 없고 누구도 대신할 수 없는 무언가가 만들어지는 것이다. 그리고 그때부터, 사람들이 찾아와 감탄하기 시작한다.

스무 살 때, 규모가 큰 광고 동아리에 가입하고 싶어 면접을 본 적이 있다. 여러 대학교의 학생들이 함께 꾸려가는 연합 광고 동아리였다. 크기도 물론이거니와 명성이 자자해서 아는 사람들 사이에서는 꽤 유명한 동아리였다. 지금 생각해보면 좀 오그라들지만, 높은 경쟁률을 뚫고 합격해야만 동아리의 일원이 될 수 있었다. 그때의 면접이 아직도 기억에 남는다. 내가 면접을 아주 못 봤기 때문이다. 글쎄, 내가 못 봤다기보다는 나와 면접관의 궁합이 잘 맞지 않았다고 좋게 해석해본다. 질문은 이랬다. "취미가 뭐예요?" 세상에서 가장 쉽고 간단한 예상 질문에 나 역시 가장 쉽고 간단하게 대답했다. "영화 보는 것과 책 읽는 것이요." 문제는 그 다음부터였다. "그리고요?" "네?" "그리고 또 뭐가 있느냐고요." "음… 요가요." "또요?" "여행요." "또요?" "네?" …대답을 멈추고 이상한 표정을 짓는 나에게 면접관이 물었다. "광고하는 사람은 취미가 많아야 해요. 대답이 끝없이 쏟아져야 되는데…."

쌓여 있는 시간만큼 무겁고 또 거대한 것이 있을까.
시간을 꼬박꼬박 모아둔다는 것은 참으로 위대한 일이다.
하루가 지나고,
그 하루가 쌓이면 시간은 어제보다 더 두꺼워져 있다.

나는 그 동아리에 불합격했다. 취미가 몇 개 안 되는 사람이라 그랬을까? 당시의 결과로 나는 주눅이 들었다. 하지만 취미가 무엇이냐는 질문을 또 다시 받는다 해도 당시 내가 했던 것과 다르게 말하진 않을 것 같다. 참 아이러니하게도, 나는 몇 년 뒤 한국에서 가장 큰 광고회사의 카피라이터가 되었다. 여전히 취미가 변변치 않지만, 나는 카피라이터로서 잘 살고 있다. 그날의 면접관은 이걸 어떻게 설명할 수 있을까? 그 면접관은 지금 광고 일을 하고 있을까? 그렇지 않다면 그날 내가 느낀 당혹감은 어떻게 설명받아야 할까?

가령 내가 가진 취미가 드라마를 보는 것이라고 치자. '고작 드라마 보는 게 취미야?'라는 소리를 듣기에 딱 좋다. 취미란에 스쿠버 다이빙, 디제잉, 승마, 첼로 연주, 주짓수, 발레 등을 써내려가는 요즘 시대에는 더욱 그렇다. 하지만 어쩔 수 없지 않은가. 내가 드라마를 볼 때 진정으로 즐겁고 신이 난다면, 드라마야말로 나의 진실된 취미인 것을. 우리는 있어

보이는 취미를 기어코 찾아내어 그것으로 갈아타야만 할까? 그렇게 요즘 유행하는 것들을 이것저것 다 건드려봐야만 할까? 그렇게 내가 가진 취미를 열다섯 가지쯤 늘어놓을 수 있어야 할까? 나는 그렇게 생각하지 않는다.

오히려 나의 남루한 취미를 아주 오래 잘 지속해야 한다고 생각한다. 아주, 아주 오래 말이다. "미국 드라마 보는 게 취미예요."라고 말하는 사람과 "10년 동안 미국 드라마를 봤어요. 저는 주로 시점이 동일한 현대극을 좋아해요. 법정드라마나 의학 드라마처럼 콘셉트가 강한 것보다는 가족 캐릭터로 구성된 스토리에 더 몰입하는 편이죠."라고 말하는 사람은 분명 다르게 보인다. 똑같은 취미를 가졌는데도 말이다.

내가 좋아하는 선배의 이야기를 하나 소개할까 한다. 이 선배는 열 마디를 하면 아홉 마디는 농담이다. 그런데 나머지 한마디에는 마치 돈 내고 점괘를 본 것처럼 무릎을 탁 치게 만드는 힘이 있다. 그래서 내가 고개를 많이 끄덕이며 의지했던 분이다. 이 선배는 자장면, 제육볶음, 돈까스 같은 음식이 좋다고 늘 말했다. 그중에서도 설탕 묻은 꽈배기를 가장 좋아한다고 했다. 처음 이 말을 들었을 때 나는 '참 소탈하구나.' 정도로만 생각했다. 하지만 속으로 비밀스럽게 덧붙일 때도 있었다. '별로 자랑할 만한 미식은 아닌데, 왜 자꾸 이야기하는 거지?'

그런데 그 뒤에 이어진 말에서 나는 또 무릎을 탁 쳤다. "난 지나가다가 꽈배기 파는 곳이 있으면 무조건 사서 먹어봐. 아무리 배가 불러도 말이야. 차를 타고 가다가도 꼭 내려서 사 가지." … "반죽부터 직접 하는 집이 있고 납품 받아다가 튀기기만 하는 집이 있지." … "서울에서 가장 맛있는 데는 서문 시장의 ○○분식이고, 운전해서 더 나갈 수 있으면 ××휴게소가 맛있어." 이 정도면 자랑할 만한 미식이라 생각되었다. 내가 좋아하는 음식을 꾸준히 탐식하는 것. 내 입에 가장 편안한 맛과 식감을 세밀하게 구분해내는 것. 그렇게 함으로써 진심으로 즐거운 것. 미식가의 태도는 바로 거기에 있다. 어느 비싸고 고급스러운 레스토랑에 따로 숨어 있는 것이 아니다. 그날 이후, 선배의 설탕 묻은 꽈배기는 내가 인정하는 멋진 취미이자 취향이 되었다.

나 역시 그렇다. 맛집을 쫓아다니는 사람도 아니고, 고상한 음식들을 골라먹는 미식가는 더더욱 아니다. 나는 고급스러운 음식들을 많이 먹어보지 않았다. 더 정확히 이야기하면, 그런 음식을 먹지 않아도 괜찮았다. 나는 맛있는 식사보다는 정확한 시간에 하는 식사가 더 좋다. 2시에 먹는 초밥이나 스테이크보다도 12시에 챙겨 먹는 삼각김밥과 우동이 더욱 반가운 사람이다. 맛없는 건 참아도 배고픈 건 못 참겠다. 미식이 고상한 취향으로 대접을 받는 이 세상에서, 나는 오히려 당당하게 나의 식사 생활을 이어가려고 한다. 그럴 수 있는 배짱에는 근거가 있다. 그것은 바로 선배가 동그랗게 꼬아올린 꽈배기에 대한 시간들, 그리고 그것이야말로 멋진 미식 생활이라고 여기는 나의 신념이다.

앞서 말한 미국 드라마를 보는 취미는, 사실 나의 취미다. 나는 스무 살 때부터 미국 드라마를 봐왔다. 그것을 11년 동안 지속해왔다. 미국 드라마는 한 드라마가 시즌을 여러 개 이어가는 방식으로 제작된다. 많이들 알고 있는 〈그레이스 아나토미Grey's Anatomy〉는 2005년 시즌 1을 시작으로, 얼마 전 시즌 13의 방영을 마쳤다. 그리고 시즌 14의 방영을 확정했다. 미국은 작가들의 제작 환경을 중요하게 여긴다. 그들이 권리를 침해받는다고 느낄 때는 오히려 작가 쪽에서 계약을 파기하는 경우가 많다. 그래서 시즌 도중에 갑자기 드라마가 끝나버리는 경우도 종종 있다. 긴 호흡을 갖고 감상하려면 다음 시즌을 미리 확정해놓은 드라마들을 체크해두는 것이 좋다.

대여섯 시즌을 넘게 감상해온 드라마는 자막 없이도 감상할 수 있다. 스토리의 큰 줄기나 인물들의 캐릭터를 이미 이해하고 있기 때문이다. 잘 모르는 문장 몇 개쯤은 맥락을 통해 충분히 알아챌 수 있다. 그것도 미국 드라마를 챙겨보는 재미 중 하나다. 하지만 의학 드라마는 열외다. 의학 용어들이 마구 쏟아질 때, 그것들은 한국어로 정확하게 이해하고 넘어가야 감상의 깊이를 해치지 않는다. 또 하나 열외가 되는 드라마가 있다. 그것은 아론 소킨이라는 작가의 드라마다. 아론 소킨은 〈더 웨스트 윙The West Wing〉 〈뉴스 룸News Room〉으로 이름을 널리 알린 작가이다. 그의 극본은 대사량이 아주 많고, 대사와 대사 사이의 간격이 좁기로 유명하다. 자막 없이 한두 마디를 쫓아 듣다보면, 다음 문장에서 이내 흐트러져버린다. 그러다보면 한 시퀀스 전체를 이해하지 못한 채로 넘어가게 된다. 당연히 다음 시퀀스부터는 걷잡을 수 없이 스토리와 멀어지게 된다. 그래서 자막을 꼭 챙겨봐야 한다. 그의 드라마는 자막을 만드는 사람들 사이에서도 악명이 높다. 번

역해야 할 대사가 다른 드라마에 비해 방대하게 많기 때문이다.

미국 드라마를 1, 2년 보아서는 알지 못했을 지식들이다. 하지만 11년이 지나고 보니, 나에게는 어느새 미국 드라마에 대한 정보와 노하우가 두텁게 쌓여 있었다. 나는 긴 시간 동안 얻은 정보와 나의 취향을 함께 엮어왔고, 그것은 아주 요긴한 그물이 되었다. 이제는 수없이 쏟아지는 콘텐츠 속에서도 내가 가장 좋아하는 요소들이 집약된 것만 빠르게 건져 감상할 수 있다. 나는 여성이 주인공이되 그 여성의 가족들이 모두 등장하는 드라마를 좋아한다. 등장인물 모두의 에피소드가 독립적으로 진행되고, 어느 한 지점에서는 하나의 이야기로 결합되는 구조를 좋아한다. 시점은 현재와 동일한 것이 좋다. 과거를 다룬 역사극이나, 미래를 배경으로 하는 SF물은 좀처럼 집중해서 볼 수가 없다. 〈길모어 걸스Gilmore Girls〉, 〈브라더스 앤드 시스터즈Brothers & Sisters〉, 〈모던 패밀리Modern Family〉, 〈더 굿 와이프The Good Wife〉, 그리고 최근에는 〈디스 이즈 어스This is US〉를 즐겁게 보고 있다. 보는 내내 마음에서 신이 난다.

또한 내가 아주 오래 지속하고 있는 것이 있다. 바로 바이올린 연주다. 바이올린을 전공한 것도 아니고, 그냥 취미로 연습하는 수준이다. 한 달에 고작 한두 번 할까 말까 한다. 어느 대단한 오케스트라에 가입되어 있지도 않다. 꼬박꼬박 레슨을 받는 것도 아니다. 심심할 때 TV를 틀어보듯이, 채널을 몇 개 돌려보다가 다시 전원을 끄고 다른 일을 하듯이, 바이올린을 어깨에 걸어 기억나는 곡 몇 가지를 연주하다가 이내 내려놓는다. 이것이 내 바이올린 연주의 전부다. 별 볼 일 없게 들릴 수도 있겠다. 하지만 나는 이러한 연주를 아홉 살 때부터 해왔다. 그러니 22년을 해온 셈이다. 22년이라는 시간은 나에게 대단한 자랑이 되어주곤 한다. 누군가 문득 나의 취향이나 취미에 대해 면접관처럼 추궁해올 수도 있겠다. 취미가 무엇이냐고. 그러면 나는 "바이올린이 취미예요. 아주 가끔 연주하는데, 그렇게 한 게 벌써 22년이 되었네요."라고 말할 것이다. 내가 하모니카를 연주했더라도, 트라이앵글을 쳤더라도, 크게 다르지 않았을 것이다. 악기는 문제가 되지 않는다. 22년이라는 시간이 중요한 것이다.

내가 쥐고 있는 것들이 별 볼 일 없다고 느껴지는 때가 있다. 특히나 요즘 같은 시대에는 더욱 그러기 쉽다. 주말 사이에 나를 제외한 모든 사람들에게 반짝거리는 이벤트가 있었음을 SNS가 보여준다. 누군가는 암벽 등반을 다녀왔고, 누군가는 승마를, 누군가는 작은 공연을 열었다고 한다. 누군가는 외국으로 캠핑을 다녀왔고, 또 누군가는 사진 전시회를 열었다고 한다. 집에서 겨우 소설책이나 읽은 나의 기가 팍 죽어버린다. 하지만 나의 주말도 남부럽지 않게 멋있을 수 있다. 그 가능성은 다름 아닌 지금 내가 하고 있는 일에 있다.

어느 잘나가는 취미를 찾아 떠도는 것보다 내 손에 놓인 소설책을 더욱 꾸준히 읽는 편이 좋다고 생각한다. 그것도 아주, 아주 오래 말이다. 소설책을 읽는 사람은 많지만, 한 작가가 쓴 소설책을 모두 읽어본 사람은 많지 않다. 그리고 그것을 전부 필사해본 사람은 더더욱 몇 되지 않는다. 필사본을 전부 벽에 붙여두고, 친구들을 집으로 초대해 소소한 전시회를 열어본다면 어떨까? 나는 친구들이 손에 꼽는, 멋진 취미를 가진 사람이 될 것이다. 친구들 앞에서 소설의 어느 한 대목을 줄줄 외워보는 것도 좋다. 좀 오그라들지만, 어느 술 취한 날에는 과감히 해봐도 좋을 행동이다. 그렇게 나의 취미에는 멋이 생기고, 취향은 우아해진다.

내가 지금 손에 쥐고 있는 것들.
그것에게도 그런 시간들이 곱게 쌓이기를 바란다.
시간은 참 멋있다.

지금 이 시간에도 하루치의 바닷바람을 더 맞으며 멋지게 뒤틀려가고 있는 베르겐의 목조 건물을 생각한다. 그렇게 400년이 450년이 되고, 또 500년이 되며, 베르겐은 늘 어제보다 더 멋있는 모습을 가지게 될 것이다. 내가 지금 손에 쥐고 있는 것들. 그것에게도 그런 시간들이 곱게 쌓이기를 바란다. 시간은 참 멋있다.

Afternoon of Hong Kong

바쁜 학창시절에도
고단한 청춘시대에도
생일 무렵에는
함께 모여 노래를 불렀습니다

열일곱, 스물셋,
스물아홉을 지나
이제는
서른하나를 기념하며
서로에게 불러주는
생일 축하 노래

케이크 위에 도란도란
작은 불을 켜놓고
우리 또 이렇게
한 살 더 먹었다고 토닥이는
생일 축하 노래

마흔 번째에도
예순 번째에도
함께 부르고 싶은
친구들의 다정한 응원가
'사랑하는 우리들의,
생일 축하합니다'

告士打道269號
(聯利中心)隔鄰
(步行約一分鐘)

홍콩의 오후

"그래도 친구가 있는 사람."

2008년에서 2009년으로 넘어가는 일주일, 나는 친구들과 홍콩을 여행했다. 나는 친구를 넓게 사귈 수 있는 인물이 못 된다. 나의 옆구리 어디쯤에는 보이지 않는 단단한 벽이 있다. 그래서 누군가와 친해지는 일이 마음처럼 쉽지 않다. 자석처럼 착 달라붙는 사람을 운 좋게 알아본다 해도, 아주 절친한 사이가 되려면 오랜 시간이 필요하다. "나랑 진짜 친한 친구야!"라고 한 톨의 주저함 없이 말할 수 있는 친구를 세어보자면 열 손가락이 다 꼽아지지 않는다. 사실 그 열 손가락을 다섯 손가락으로 줄여도 모자라지 않는다. 한 손바닥으로 쥐어 보일 수 있는 나의 귀한 친구들. 그렇게 각별한 친구 둘과 함께 홍콩으로 떠났다.

홍콩을 여행한 적이 있느냐고 물어본다면, 나는 아주 자랑스러운 얼굴로 그렇다고 대답할 것이다. 하지만 홍콩 어느 맛집에서 식사를 하고, 어느 유명한 곳에 가보고, 어디서 쇼핑을 했는지 물어본다면, 나는 좀처럼 대답을 하지 못할 것이다. 그런 질문들 앞에서 나와 내 친구들은 실패한 여행자들일지도 모른다. 우리 셋은 어느 대단한 곳에 가지도, 어느 이름난 음식을 먹지도, 어느 명품 브랜드의 옷이나 가방을 득템하지도 않았기 때문이다. 하지만 다시 그때로 돌아간다고 해도 나는 기꺼이 실패한 여행자가 되어 친구들과 그때 그대로의 여행을 할 것이다.

우리는 구룡반도와 홍콩 섬을 나누는 바다를 바라보며 과자를 먹었다. 그러다 각자의 새해 소원을 쪽지에 적어 바다 위에 띄웠다. 마트에서 사과를 사다가 별 대수롭지 않은 이유로 웃음이 터졌다. 숙소로 돌아오는 내내 우리끼리 통하는 농담을 하며 웃었다. 리펄스베이 해변에 가서는 계속 점프를 했다. 점프를 하며 찍은 사진을 보며 또 계속 웃었다. 와인 한 병을 사서 이름 모를 공원에 갔다. 종이컵에 와인을 따라 마시며 또 우리끼리만 통하는 농담을 하며 한참을 웃었다. 절반 정도가 남은 와인은 공원 깊은 곳에 잘 숨겨두었다. 우리

셋이서 다시 홍콩에 오면 꺼내 마시자고 약속을 했다. 그게 참 말이 안 되니까, 그 말을 하면서도 우리는 웃었다. 우리가 홍콩을 여행하며 한 것이라고는 이게 전부다. 심지어 우리는 홍콩 음식을 단 한 번도 먹지 않았다. 아침은 민박집에서 해결했다. 점심에는 맥도날드에 갔고, 저녁식사로는 셋이 공통되게 좋아하는 음식인 일본 라멘과 규동을 사 먹었다. 지금에 와서 생각해보니 셋이서 일본에 갔었더라면 더 효율적인 우정 여행이 되었을지도 모르겠다. 하지만, 나는 안다. 일본이든 중국이든 홍콩이든, 심지어 부산이나 제주였을지라도 우리의 여행은 거의 비슷했으리라는걸.

나이가 들수록 내 마음을 찰떡같이 알아주는 친구를 만나기는 쉽지 않다. 콩떡처럼 말하면 콩떡으로라도 캐치해주는 사람을 발견하기도 어려운 세상이다. 사람을 골라서, 마음을 나눈다는 일. 그게 어디 편의점에 가서 과자 몇 봉지 고르는 일처럼 쉬운 일이겠는가. 오히려 좋은 배우자, 좋은 애인, 좋은 직장 상사는 알아보기 쉬울지도 모르겠다. 상식선에서 말해 봄직한 기준이라도 있기 때문이다. 상대방의 이야기를 잘 들어주는 사람, 배려하는 사람, 기다려주는 사람, 의견이 분명하되 표현하는 방식이 부드러운 사람….

하지만 좋은 친구를 판가름하는 기준을 세울 때는 유난히 나 개인의 경험과 성격 그리고 취향이 강하게 밀고 들어온다. 슬픈 일에 더욱 함께해주고, 때론 거침없이 직언도 할줄 아는 친구가 좋은 친구라고들 말한다. 그러나 나에게는 전혀 그렇지 않다. 나는 솔직히 그런 친구들은 좀 불편하다. 나는 나의 슬픈 일을 알면서도 모른 척해주는 친구가 좋다. 내가 마음의 정리를 끝낸 뒤에 나누고 싶은 부분을 열어 보이면 오직 그 부분을 쓰다듬어주는 친구가 편안하다. 내가 손가락 대여섯 개만 있으면 친구를 세기에 충분한 사람인 것도 이런 이유에서다. 15년이 훨씬 넘는 시간을 함께 쌓아온 친구들은 이러한 나의 선 긋기를 잘 이해해준다. 내 마음이 가장 편안한 선에 서서 내 손을 잡아주고, 어깨동무를 해준다.

광고회사에 다닌 지도 6년이 되었다. 그간 많은 것을 배웠는데, 광고라는 분야만큼이나 흥미로웠던 것은 바로 어울려 지내는 '사람들'이었다. 나는 그들을 보며 많은 것을 배웠다. 광고회사에서는, 특히 광고 제작을 담당하는 부서에서는 거의 매일같이 자신의 아이디어를 팀원들에게 발표해야 한다. 우리는 이것을 '안을 깐다'라고 한다. 뒷담화처럼 '까는' 것이 아니라, 손에 쥐고 있는 패를 '까서' 보여주는 것이다. 안을 까고 나면 그것에 대해 의견을 나누는 시간을 가져야 한다. 말이 좋아 의견을 나누는 시간이지 '이건 좋다' 혹은 '이건 별로다'라는 평가를 듣는 시간이다. 초연한 마음을 가져보려고 아무리 애써봐도, 별로라는 평가를 들었을 때는 기분이 나빠진다. 어쩌면 당연한 것인지도 모른다. 그런데 당연히 기분이 나빠지는 일을 거의 매일 반복해야 한다.

그래서 나는 처음에 대단한 오해를 했었다. 광고회사에서는 무조건 좋은 아이디어를 내는 사람이 최고라고 생각했다. 좋은 후배이자, 동료, 그리고 선배가 되기 위해서는 회의 시간에 좋은 아이디어를 '까야' 한다고 생각했다. '진짜 좋은 카피를 써 가서 선배들을 즐겁게 해줘야지.' '완전 대단한 아이디어를 생각해내서 팀장님이 나를 좋아하게 해야지.' 그런 생각이 늘 마음 한 켠에 '오늘의 목표'처럼 붙어 있었다. 그리고 다행스럽게 사흘 걸러 하루쯤은 그 목표를 실천했다. 신입사원치고는 꽤 완성도 높은 카피를 썼고 나의 아이디어가 경쟁 프리젠테이션에서 좋은 결과를 가져오기도 했다. 내 아이디어가 TV 광고로 그대로 온에어되는 날도 있었다. 하지만 그런 결과들은 나의 원래 의도와는 크게 상관이 없었다. 그래서 나는 과연 그들이 좋아하는 후배나 동료 혹은 선배가 되었나? 글쎄… 확실히 답을 할 수 없었다. 일을 잘하는 사람이 과연, 좋은 사람일까? 그게 꼭 그렇지만은 않다는 생각이 들었다.

3년차가 되어서야 제대로 깨달았다. 회사에 그렇게 에너지를 쏟아붓는데도 내게는 불쑥 전화를 걸어 고민 상담을 할 만큼 친한 팀장님도, 선배도, 후배도 없다는 것을. 그래서 마음을 다르게 고쳐먹었다. 하루하루를 지내며 칭찬도, 성과도, 명성도 아닌 친구를 남기기로 다짐했다. 홀로 버텨낸 100점짜리 하루보다는 친구와 함께 보낸 70점짜리 하루가 더 갖고 싶었다. 일을 더 잘해내려는 욕심이 날을 세우는 날이면, 홍콩의 오후를 생각하며 마음에 보드라운 이불을 덮었다.

홍콩에 함께 갔던 친구들은 지금까지도 나의 다섯 손가락 안에 꼽히는 친한 친구들이다. 연애를 하고, 직장인이 되고, 아기 엄마가 되었어도, 우리는 모이면 비슷한 이야기를 하며 웃는다. 홍콩에서 했던 이야기들과 크게 달라진 것이 없다. 15년 동안 우리들의 이야기는 대단한 주제를 가져본 적도, 대단한 성과를 내본 적도 없다. 하지만 그 이야기들은 우리를 길게 웃게 한다. 유난히 외로운 날, 나는 주먹을 가볍게 쥐어본다. 주먹 하나 안에 들어오는 다섯 손가락을 꼭 끌어안으며 오늘의 방향을 선택한다. 성과를 내지 못할지언정 누군가의 친구가 되는 하루를 보내겠다고. 친구는 나에게 참 좋은 사람들이니까. 욕심을 내야 한다면, 그런 좋은 것에 내고 싶다.

홀로 머무른 100점짜리 하루보다는
친구와 함께 보낸 70점짜리 하루가 더 갖고 싶었다.
일을 더 잘해내려는 욕심이 날을 세우는 날이면,
홍콩의 오후를 생각하며 마음에 보드라운 이불을 덮었다.

Afternoon of Tallinn

못 살아도 아직은 3분의 1

잘 살아도 아직은 3분의 1

자랑할 필요도 없고

속상할 이유도 없는

딱, 3분의 1

나는 내가 30대라서

딱, 좋습니다

탈린의 오후

“너무 많이 알아서 놓치게 되는 것들.”

허름한 옛집에 쌓여 있는 벽돌 한 장. 골목 모퉁이를 지키고 서 있는 늙은 나무 한 그루. 발자국 위에 또 다른 발자국 그리고 또 다른 발자국으로 다져진 흙길. 외국의 어느 거리에서나 볼 수 있는 흔한 풍경들이다. 하지만 자세히 들여다보면 그 위로 흘러간 시간의 물결이 하나둘 보이기 시작한다. 상점의 선반에 놓인 오래된 물건에 살짝 손을 대어본다. 보이지 않는 나이테가 손끝에 만져지는 것 같다. 낡은 골목에서 나는 퀴퀴한 냄새도 그런대로 나쁘지 않은 마음을 갖게 한다. 어떤 주택가는 세련되지 않아서 오히려 멋이 있고, 텅 빈 궁궐은 그 안을 채웠던 인물들을 상상하게 한다. 어느 나라, 어느 도시든 거기에는 역사라는 것이 있다. 거기에 놓인 시간의 증거들은 여행자들에게 많은 이야기를 들려준다. 그 증언들을 조용히 사진으로 담아내는 것이 내 여행의 주요한 일정이기도 하다.

하지만 탈린에서는 그곳을 채우고 있는 시간의 흐름을 제대로 관찰하지 못했다. 탈린이라는 도시가 지나온 아픔의 시간들에 대해 '너무' 잘 알고 있었기 때문이다. 탈린은 굉장히 우여곡절이 많은 역사를 갖고 있다. 그 슬픔의 역사를 간략히 소개하자면 다음과 같다. 13세기 초, 탈린은 스웨덴의 지배를 받았다. 애석하게도 뒤이어 러시아의 지배까지 받게 되었다. 그러고는 흑사병으로 온 나라가 고통을 겪는 암흑의 세월을 지나야 했다. 이 도시에 드리운 어둠은 그러고도 걷히지 않았다. 그 이후로 소비에트의 지배를 받았고, 나치의 지배를 받았으며, 또다시 소비에트의 지배를 받아야 했다. 그리고 1991년, 마침내 탈린은 독립된 도시가 된다.

나도 나름대로 설움이 많은 땅에서 태어났다. 그 역사적 사건들을 나열해보자면 몇 밤을 꼬박 새어도 모자랄 것이다. 크고 작은 전쟁에서부터 여러 민족의 침략, 그리고 일본의 지배. 마침내 시작된 근현대사는 알면 알수록 불쾌하고 복잡하다. 왠지 모를 동질감에 그랬던 걸까. 탈린에서 지내는 동안은 그 도시에 고여 있는 시간을 아름답게만 감상하기가 미안해졌다. 그런데 그게 참 잘못된 태도였다. 탈린이라는 도시가 사람이었다면, 나 같은 여행자는 아마 절교를 당했을 것이다. 나는 탈린에 머무는 3일 내내 주책맞은 호사가처럼 굴었기 때문이다.

오늘의 기쁨을 누리려는데 어제의 슬픔을 일러주며 흥을 깨는 사람. 이제 두 다리 뻗고 편히 쉬려는데 굳이 힘든 시절의 이야기를 늘어놓는 사람. 탈린이라는 도시에서 나는 그런 불편한 사람이 되어버렸다. 아름다운 풍경과 따뜻한 일상을 있는 그대로 봐주지 못했다. 물론 어느 도시를 여행하기 전에 그곳의 역사를 이해하는 것은 참 좋은 일이다. 아무것도 몰랐을 때보다 훨씬 더 많은 것을 볼 수 있다. 하지만 나는 그것을 넘어서서, 모든 것을 다 아는 체하며 슬픈 얼굴로 도시를 바라봤다. '아이고, 저 낡은 대문 좀 봐. 그 고약한 전쟁 속에서도 살아남은 거야.' '사람들의 표정이 왠지 착 가라앉아 있는 것 같아. 그치?' '세상에. 저게 다 총알 자국이라잖아. 안 쓰러워라.'라고. 실제로 탈린은 독립 이후에 눈부신 성장을 이뤄낸 멋지고 당당히 도시인데 말이다.

좋은 취향이 묻어나는 한 카페에 갔을 때도 그랬다. 오래된 공장 건물을 그대로 활용한 카페였다. 요즘 서울 성수동에서 많이 볼 수 있는, 사람들이 유난히 북적대는 카페들과 비슷했다. 녹슨 공장의 외관을 그대로 보존한 채 모던하게 꾸며놓은 내부가 멋스러웠다. 선반과 테이블 위에 놓인 소품들에서 세련된 안목이 느껴졌다. 그런데 그곳에 앉아 커피를 기다리면서도 나는 참 궁상맞게 굴었다. 속으로 이렇게 생각했다. '여기 멋있다. 역사적으로 굉장히 힘들었을 텐데 그래도 용케 이런 취향을 가진 세대가 등장했구나.' 아니 왜. 그들은 좋은 카페를 가지면 안 되나? 그들은 세련된 취향을 가지면 안 되나? 그리고 그게 아주 자연스러운 일이 되면 안 되나? 그날의 유난스러운 색안경이 몹시 부끄럽다.

커피값을 계산하고 나오며, 나는 카페 주인과 짧은 인사를 주고받았다. 그리고 이어진 몇 마디 끝에 그녀에게서 작은 플리마켓을 소개받았다. 걸어서 10분 정도 거리인데, 즐거운 시간을 보낼 수 있을 것이라고 했다. 주소가 적힌 작은 쪽지를 감사히 받아들었다. 그리고 곧장 구글 맵이 알려주는 방향으로 길을 나섰다. 날씨가 아주 좋았다. 하늘에서는 밝은 빛이 떨어지고 있었고, 길옆으로는 그 빛을 받아든 잔디밭이 이어졌다. 낡은 벽돌과 벽돌 사이에는 얇은 들꽃이 노랗게 피어 있었다. 그 길을 따라 걸어가는 10분 동안, 사실은 속으로 한 번 더 궁상을 떨었음을 고백한다. '이런 것도 소개해주고… 참 친절한 사람이네. 역사적으로 슬픔이 많은 민족이지만 사람을 향한 따뜻한 마음을 늘 갖고 있나봐'라고. 어휴.

이쯤이면 다 왔겠다 싶었을 때였다. 큰 모퉁이를 도니 주택가가 펼쳐졌다. 그리고는 입이 떡 벌어졌다. 눈앞에 펼쳐진 것은 대단히 화려한 마켓이 아니었다. 값비싼 물건이나 굉장

한 빈티지를 자랑하는 옷들도 없었다. 다만 소담한 집들의 앞마당마다 따뜻하고 넉넉한 무언가가 자연스럽게 놓여 있었다. 역사와 상관없이, 견고하게 쌓아올려진 오랜 평화가 느껴졌다. 멜빵바지를 입은 쌍둥이 형제는 커다란 개구리 모양의 초를 팔고 있었다. 큰 소리로 가격을 외치는데, 판매하는 물건에 대한 자부심과 책임감이 느껴졌다. 아주 귀여웠다. 백발의 뚱뚱한 할머니는 호박파이를 팔고 계셨다. 누가 봐도 할머니가 직접 만든 생김새의 파이들은 크기가 제각각이었다. 하지만 맛있는 파이임이 분명했다. 맛있는 음식을 먹으며 즐겁게 살아온 매일매일이 쌓여 있는 할머니의 얼굴. 그 웃는 얼굴이 파이의 맛을 보장하고 있었다.

그곳은 분명 관광객이나 여행자에게 이름난 플리마켓이 아니었다. 유난스럽게 북적대서 정작 주민들의 발길이 뜸해진 그런 시장과는 차원이 달랐다. 다른 사람들은 몰라줘도 되는 아늑함. 우리끼리만 오래도록 누릴 수 있다면 그걸로 충분한 평화로움. 작지만 단단한 행복이 거기에 있었다. 이렇게나 잘 살고 있는 사람들을 슬픈 역사의 안경을 쓰고 바라봤다니. 나는 머쓱해졌다. 탈린의 역사에 대해 너무 잘 알아서, 지금의 탈린을 제대로 봐주지 못했다. 탈린에 대한 지식을 앞세우느라, 탈린이 나에게 내민 작고 따뜻한 풍경들을 다 놓쳐버렸다. 탈린 사람들이 손수 앞마당에 내어놓은 그들의 일상을 둘러보며 나는 나의 태도를 되돌아보았다.

짐짓 아는 체하며 시각을 좁혀버리는 일은 일상에서도 종종 일어났다. 나는 누군가를 만나기 전에 그 사람을 감싸고 있는 소문을 먼저 떠올렸음을 고백한다. 어떤 일을 시작하기 전에 그 일에 대해 사람들이 떠드는 소리에 귀를 기울이곤 했었다. '걔 진짜 별로래.' '너 그 팀에 가면 고생할걸?' '거기 소문 진짜 안 좋아.' '처음부터 그렇게 해주면 나중에 후회한다더라.' 아직까지도 기억나는 주변의 말들을 하나둘 되짚어 보았다. 정보라기에는 어딘가 속셈이 있어 보이는 귀띔은 나를 늘 주춤하게 만들었다. 그리고 아주 중요한 사실 하나를 발견했다. 그런 이야기를 했던 사람들은 막상 그것과 관련된 경험이 없었다는 것이다. 회사의 어느 악명 높은 팀에 대해 경고해줬던 사람은 사실 그 팀에서 일해본 적이 없었다. 결혼을 앞둔 나에게 여러 걱정을 늘어놓았던 사람들은 대부분 싱글이었다. 아기를 낳기 전에 내게 겁을 주었던 이들도 주로 아기가 없는 사람들이었다. 조금은 웃기고, 또 조금은 씁쓸하다. 그런 말들을 꺼내는 것도, 그런 말들을 주워듣는 것도. 과연, 어떤 마음의 작용인 걸까?

다른 사람들은 몰라줘도 되는 아늑함.
우리끼리만 오래도록 누릴 수 있다면 그걸로 충분한 평화로움.
작지만 단단한 행복이 거기에 있었다.

사람이 가지는 마음 중에 가장 해로운 것이 불안함이라고 생각한다. 계절이 오고 가는 것처럼 마음에도 어떠한 시절이 오고 간다. 마음 구석구석이 밝고 따뜻해지는 봄이 왔다가도 이내 차고 시린 겨울이 온다. 마음에 봄이 찾아왔을 땐 그저 그 계절을 즐기면 된다. 생산적인 태도와 긍정적인 기분으로 앞에 놓은 일들을 해결해나가면 된다. 다정한 사람들과 마음을 부비며 두런두런 살아가면 된다. 겨울도 나쁠 것 없다. 화가 나고, 정의롭지 못하고, 슬픈 마음이 덮치면 방법은 하나다. 그 마음을 확실히 인지하는 것이다. 내 마음에 겨울이 왔음을 알아채야 한다. 그러고는 얼어붙은 생각의 뭉치들을 잘게 깨뜨려 녹이면 된다. 생각과 감정이 너무 꽁꽁 얼어붙어 있다면, 그대로 겨울잠을 재워버리는 것도 방법이다. 다 덮어두고 당분간은 모른 척하는 것이다.

무서운 것은 바로 환절기다. 정확히 냉탕인지 온탕인지를 알 수 없는 수상한 계절들. 그럴 때면 마음에 불안한 바람이 분다. 확실하게 붙잡을 것이 필요한데 내 안에는 그런 단단한 것이 없다. 그래서 수선하게 떠드는 말들에 귀를 기울이게 된다. 소문을 믿고, 편견을 신뢰한다. 저 사람 진짜 별로라는 소문을 믿고, 그 사람을 진짜 별로인 태도로 대해버린다. 어쩌면 나는 그때, 두고두고 배울 점이 많은 친구 하나를 잃어버렸는지도 모른다. 저런 남자 만나면 고생한다는 편견에 흔들려, 생에 한 번뿐인 사랑을 놓쳤을지도 모른다. 이렇게 생각하니 선입견이라는 것은 참 아찔하다. 불안한 마음의 냄새를 맡고 찾아와서는, 시야를 가려버린다.

우리는 조금만 검색을 해보면 모든 것을 낱낱이 알 수 있는 시대를 살고 있다. 모르면 검색을 해보면 된다. 마음만 먹으면 모든 것을 알 수 있다. 그래서 요즘에는 무언가를 잘 몰라서 큰일이 나는 경우는 드물다. 위험한 건 오히려 반대의 경우다. 너무 많이 알아서 탈이 난다. 아직 만나보지 못한 사람, 아직 시작해보지 못한 모임, 아직 도전해보지 못한 분야, 아직 가보지 않은 곳…. 그런 미지의 세계는 이제 어디에도 없다. 소문과 귀띔, 정 안 되면 SNS를 통해서라도 모든 것을 미리 알아볼 수 있기 때문이다. 그러다보니 정작 사람을 만날 때는 마음이 순수하지 못하다. 이미 다 안다는 얼굴로, 산뜻하지 않은 첫인사를 건넨다. 어떠한 모임에 대해 수소문을 많이 해본 사람은 그곳으로 기분 좋게 입장하지 못한다. 그 모임이 가진 장점은 물론 단점도 이미 다 알고 있기 때문이다. 사랑이나 우정 같은 감정을 대할 때도 미리 알아둔 요령으로 대처하는 기분이다. 그러고 보니 참 슬프다. 내가 누군가에게 이미 별로인 사람이 되어 있다면… 말 그대로 참 별로인 일이다.

나는 탈린의 오후를 오래 기억하고 싶다. 도시의 내부에 견고히 쌓인 평화로움을 자꾸만 슬프게 해석했던, 그 어리석은 오후를 말이다. 그때를 거울 삼아 이제는 무엇이든 덜 알아보기로 마음을 먹는다. 무언가를 빠르게 수소문하지 못해 애

태우지 않기로 한다. 내 앞에 놓인 세상을 하나씩 하나씩 직접 만져보며 이해하는 기쁨이 분명 존재한다. 상대방이 나에게 보여준 매력 그대로 그 사람을 이해하는 즐거움도 물론이다. 모든 것을 미리 다 알아봤다는 흥미 없는 얼굴보다, 잘 모르니 뭐든 일단 해보자는 순수한 얼굴이 보기에도 훨씬 좋다.

Afternoon of Shirakawa-go

소나기를 맞다가도

땡볕에서 땀 흘리고

봄바람에 놀다가도

칼추위를 견뎌내죠

내일이면

또 바뀌어 있을

오늘 내게 온

날씨를 즐깁니다

나를 찾아와준

날씨와 기분을

담담히

또 소중히 즐깁니다

시라카와고의 오후

"내가 좋아하는 노인 목록."

영화를 두 편 정도 보고, 식사 두 번에 간식까지 먹는다. 쪽잠도 두 번이나 잔다. 비행기 안에서의 이야기다. 그러고 나면 슬슬 몸이 꼬이기 시작한다. 비행기가 고도를 서서히 낮추며 활주로에 닿을 때를 기다린다. 드디어 기체의 떨림이 몸으로 전달되며 땅과 가까워지고 있음을 느낀다. 나는 이 짧은 시간에 이상하게도 마음을 동여매게 된다. 진동이 유난히 크게 느껴지던 어느 날에는 무서운 마음을 달래려고 주기도문을 외워본 적도 있다. 이제 비행기를 타는 일은 기차를 타는 일만큼 익숙해졌음에도 불구하고 말이다. 몇 개의 외국어로 도착 안내 메시지를 들으면 그제야 마음이 풀린다. 몇 시간 동안 수화물 칸에 구겨놓았던 여행자의 마인드도 다시 꺼내어 놓는다. 여권에 찍어주는 입국 스탬프를 환영 인사로 받아 들고 공항 밖으로 나온다. 들숨으로 느껴지는 낯선 공기의 질감과 냄새로부터 비로소 먼 이국에 도착했음을 실감한다.

여행을 떠나오기 전에 예상했던 모습 그대로 나를 마중하는 도시가 있는가 하면, 전혀 생각지 못했던 모습으로 나를 반기는 도시들도 있다. 나라와 도시들이 가진 이미지를 사람으로 비유해본다. 나는 런던을 똑 떨어지는 슈트를 입은 중년 남성으로 상상해왔었다. 실제로도 런던은 그런 면이 있었다. 파리를 사람으로 치자면 단연 검은 점프슈트를 입은 탄탄한 몸매의 30대 여성이었다. 여기까지는 얼추 비슷했다. 그런데 늘 어디론가 바쁘게 걸어가는 그녀는 나와 끝내 눈을 마주쳐주지 않았다. 이건 기대치 못했던 부분이었다. 파리는 내가 닿을 수 없을 만큼 도도한 여인 같았다. 여행자가 마음을 붙일 수 있을 만한 틈을 쉽게 보여주지 않았기 때문이다.

일본에 대해서는 더욱 상세하게 말할 수 있다. 열다섯 살 때 내가 다니던 중학교가 일본 시마네 현에 위치한 한 학교와 자매결연을 맺었다. 그래서 일주일 간 견학을 다녀올 수 있는 기회를 얻었다. 그것이 나의 첫 해외여행이었다. 그때를 시작으로, 바로 얼마 전까지 일곱 번의 일본 여행을 했다. 가장 오래 머문 나라이고 가장 많은 도시를 다녀본 나라이자 또 가장 자주 간 나라이다. 그런 나에게 일본은 중절모를 쓰고 지팡이를 짚은 노인처럼 느껴진다. 매일 새벽 깨끗하게 목욕을 하고 양복 뒷주머니에 반듯하게 접힌 손수건을 챙겨 다니는 그런 할아버지가 떠오른다. 조용히 산책을 하다 단골 커피숍에 들어가 마스터에게 커피를 주문하는 할아버지. 그러고는 중절모를 벗어 테이블 위에 올려두며 안경을 콧대에 맞게 쓱 올리는 모습을 연상한다. 그렇다. 일본은 나에게 아주 멋지게 나이 든 노인과 같다.

나는 노인들을 좋아한다. 정확히 말하면 멋지게 나이 든 노인들을 좋아한다. 모두가 알 만한 유명인으로 치자면 이해가 쉬울 것이다. 나는 배우 메릴 스트립과 윤여정을 좋아한다. 젊고 화려한 외국 배우들 중에서도 유독 내 시선을 앗아가는 배우들은 샐리 필드, 짐 브로드벤트, 그리고 매기 스미스 쪽이었다. 영화 〈흐르는 강물처럼A River Runs Through It〉의 청초

한 브래드 피트보다는 턱이 묵직해지고, 주름이 깊어진 〈퓨리Fury〉의 브래드 피트에 더욱 큰 매력을 느낀다. 어리고 빛나고 상큼한 사람들을 들여다보는 일도 물론 즐거운 일이다. 하지만 나의 어린 시절을 그리워하다보면, 그 끝은 언제나 씁쓸했다. 게다가 나는 잘 알고 있다. 그들처럼 어린 시절로 다시 돌아가본다 한들, 나는 그들처럼 대단히 빛나지 않았다는 사실을. 그래서 나는 지혜롭게 미래로 눈을 돌린다. 그리고 훨씬 더 생산적이고 희망적인 목록을 만든다. 닮고 싶은 노인들에 대한 목록을.

여기, 사람으로 치자면 아주 멋지게 나이 든 노인 같은 도시가 있다. 일본의 시골 마을 시라카와고다. 일본은 미우나 고우나 우리와 가장 가까이에 위치한 나라이다. 그래서 가보지 않아도 친근하게 들리는 도시가 다섯 개 이상은 된다. 도쿄, 교토, 오사카, 나고야, 고베, 삿포로… 아직 나고야와 고베는 가보지 않았다. 하지만 그 두 도시를 포함해 이미 가본 도시들 모두, 내가 여행하기 훨씬 이전부터 대강의 위치와 분위기를 머릿속에 그려볼 수 있었다. 하지만 기후 현에 위치한 시라카와고는 생소한 곳이었다. 아마 대부분의 사람들에게 낯선 뉘앙스를 풍기는 이름일 것이다. 3년 전 겨울, 남자친구는 이 세상에 없는 듯한 마을 사진 하나를 나에게 내밀었다. 뾰족한 지붕을 한 나무집 서른 채 정도가 산 속에 모여 있었다. 지붕 위에는 30센티미터도 훨씬 넘어 보이는 두께의 눈이 쌓여 있었다. 남자친구는 여기에 함께 가자고 했다. "이거 그림이야 사진이야? 이런 데가 있단 말이에요?" 나는 이 말로 대답을 대신했다. 그렇게 우리는 시라카와고라는 생소한 마을로 여행을 떠났다.

시라카와고는 외국인이 찾아가기에는 좀 깊숙한 곳에 위치해 있다. 찾아가는 길도 복잡하다. 우선 오사카에서 JR 열차를 타고 가나자와 역으로 간다. 가나자와 역에서 고속버스로 환승을 해야 하기 때문이다. 사실 나에게는 가나자와라는 도시 역시 생소했다. 시라카와고 마을로 가는 버스는 유난히 작고 낡아 있었다. 그 버스로 1시간 30분 정도 걸린다고 한다. 내가 갔던 날은 눈이 많이 내려서 2시간을 넘겼다. 때는 한겨울이었다. 버스 안에는 히터가 틀어져 있었다. 두텁게 껴입은 옷 사이로 온기가 채워지며 눈꺼풀이 내려앉았다. 우리는 자다 깨다를 반복했다. 고속도로가 끝이 나고 어느 좁은 길로 완전히 접어들었을 때 나는 눈을 휘둥그렇게 뜨며 허리를 세웠다. 바르게 고쳐 앉을 수밖에 없었다. 그러고는 카메라를 꺼냈다. 눈앞에서 설국이 펼쳐지고 있었기 때문이다. 자동차가 달릴 수 있도록 도로 옆으로 치워둔 눈은 2미터가 넘었다. 그 높다랗게 쌓인 눈이 완만한 각도로 줄어들 때쯤 버스는 멈춰 섰다. 그렇다. 시라카와고처럼 아름다운 곳에 도착하려면 현실과 단절되는 긴 통로를 거쳐야 하는 법이다. 긴 장막을 헤치며 꿈의 저편에 도착하듯, 동굴 굽이굽이를 지나 외딴 평원에 도착하듯. 그렇게 우리는 시라카와고에 도착했다.

사람이 걸어 다닐 수 있도록 닦아둔 길 모서리에도 내 키를 훌쩍 넘는 높이의 눈들이 쌓여 있었다. 길은 집들을 향해 나 있었다. 눈길 위에 발자국을 찍다보면 3분에 한 번 꼴로 집이 나왔다. 그래봐야 서른 채가 되지 않았다. 이 마을의 모든 집들은 민박을 한다. 시라카와고에서는 무조건 1박 내지는 2박을 할 것을 추천한다. 이 마을에서 묵을 수 있는 집이라고는 전통 방식으로 지어진 갓쇼즈쿠리 가옥뿐이다. 그렇기 때문에 꼭 하룻밤을 묵어봐야 한다. 갓쇼즈쿠리란 눈이 많이 내리는 지역의 독특한 집짓기 형식을 말한다. 억새가 두텁게 짜인 시옷자 지붕이 특징인데, 이것은 쌓인 눈의 무게가 지붕을 짓누르지 않도록 하기 위함이다. 지붕 위로 내린 눈이 적당한 두께로 쌓이면 땅으로 우수수 떨어진다. 아주 낮은 하늘로부터 또 한 번의 눈이 내리는 셈이다. 산꼭대기의 전망대에서 내려다본 마을은 참 귀여웠다. 두껍고 하얀 시옷자 여러 개는 마치 우리에게 익숙한 웃음 표시 같았다. ^^ 이렇게 웃는 얼굴 여러 개를 한참을 내려다보다가 저무는 해를 따라 우리도 서둘러 마을로 내려왔다. 민박집을 나서기 전 주인아저씨가 이렇게 말했기 때문이다. "곰을 조심하세요."

우리가 묵은 민박집은 '와다야'로, 한국말로 하면 와다네 민박집이다. 민박집 주인은 당연하게도 와다 할아버지였다. 와다 할아버지는 조용하고 또 귀여우셨다. 화장실이 어디에 있는지, 식사 시간은 언제인지, 방값은 어떻게 계산하는지 설명하실 때의 영어 발음이 참 귀여웠다. 따로 덧붙이고 싶은 말들은 구글 번역기를 사용해 한국어로 보여주셨다. 어느 밤에는 내가 산길에서 찍은 학의 발자국 사진을 보여드렸다. 그랬더니 다리 하나를 접어 올리시고는 두 팔을 펼쳐 날아가는 동작을 하셨다. 어린 소년의 애교를 보는 듯했다. 나는 웃음을 숨기지 못하며 맞장구를 쳤다. "맞아요. 맞아요."

와다 할아버지는 매일 아침밥과 저녁밥을 다다미방에 차려 놓으셨다. 냉장고에서 꺼낸 것으로 보이는 소담한 반찬 몇 가지. 할아버지가 그 반찬을 상에 담아낼 동안 할머니는 국을 끓이셨다. 자리마다 마련된 조그마한 전골냄비에서는 적당한 양의 불고기가 데워지고 있었다. 일곱 번의 일본 여행을 통틀어 내가 먹어본 최고의 일본 음식이었다. 정말로 맛있게 먹었다. 두둑한 배와 마음을 두드리며 할아버지를 찾았다. 맛있게 잘 먹었다는 인사를 꼭 드리고 싶었다. 할아버지와 할머니는 부엌에 마련된 작은 식탁에서 우리와 같은 반찬으로 식사를 하고 계셨다. 다만 거기에 불고기는 없었다.

"잘 먹었습니다. 땡큐 베리 머치!" 할아버지는 눈을 반달 모양으로 늘어뜨리시며 두 손을 가슴에 모으셨다. 나는 와다 할아버지가 대답으로 보여주셨던 그때의 눈웃음을 잊지 못한다.

와다 할아버지가 오래 사셨으면 좋겠다. 와다야 민박이 시라카와고의 가장 구석진 그 자리에 그대로 있었으면 좋겠다.

머지않은 시간 안에 시라카와고에 다시 가고 싶다. 그리고 와다야 민박에서 꼭 하룻밤, 아니 이틀 밤을 묵고 싶다. 와다 할아버지가 내주는 밥을 맛있게 먹고, 배를 둥둥 두드리고 싶다. 그러고는 간단한 손가방을 챙겨 마을의 유일한 목욕탕으로 내려가고 싶다. 목욕을 마치고는 얼른 와다 할아버지네 민박집으로 돌아올 것이다. 빨개진 코끝이 녹을 때까지 이불 속에 들어가 귤을 까먹어야지. 그러고는 깊은 잠을 자고 싶다. 어깨에 쌓아둔 피로도 내려놓고, 마음을 꽁꽁 싸매고 있던 벨트도 풀어놓고, 그렇게 푹 쉬다 오고 싶다. 누구에게나 이따금씩 찾아가 자신의 몸과 마음을 누이는 휴양지가 있다. 제주도일 수도, 발리나 하와이 혹은 코타키나발루일 수도 있겠다. 나에게 그러한 휴양지는 바로 시라카와고다. 그중에서도 내 몸과 마음을 가장 편히 누일 곳을 고르라면, 단연 와다 할아버지네 민박집이다.

사람이 어려 보일 수는 있지만, 다시 어려질 수는 없는 법이다. 젊게 입고 젊게 먹고 젊게 마실 수는 있겠지만 젊음 그 자체로 되돌아갈 수는 없다. 예외 없이 모두가 하루씩 늙을 뿐이다. 그렇다면 나는 아주 잘 늙고 싶다. 어떻게 해야 잘 늙을 수 있을까? 아쉽게도 내가 곱게 늙었는지, 흉하게 늙었는지에 대해 평가하는 것은 나 자신이 아닌 나보다 젊은 사람들의 몫이다. 어느 먼 세월이 지나 늙은이가 된 나는, 좋든 싫든 어리고 총명한 친구들과 대화하며 살아야 한다. 그들은 나의 회사 동료일 수도 있고 또 나의 고객일 수도 있다. 혹은 나를 아줌마라고 부르는 딸의 친구들일 수도 있다. 그리고 나는 무엇보다도 나의 딸과 대화하며 살아야 한다.

나는 다짐한다. 그들과 나 사이의 이질감을 지우기 위해 아등바등하지 않겠다고. 오히려 어느 정도의 자연스러운 거리를 잘 유지하는 쪽을 택하기로 한다. 그것은 젊은 편에 속하는 지금의 내가 노인들에게 바라는 것이기도 하다. 내가 오히려 욕심내는 것은 이것이다. 곱게 늙은 노인이 되어, 노인으로서 보일 수 있는 장점 몇 가지를 내 안에 잘 보존하고 있기를 소망한다. 아주 오래된 마을이자 아주 아름다운 마을 시라카와고처럼 말이다. 어린 친구들이 필요한 것을 찾아 나에게 여행을 올 수 있도록. 그들이 한숨 푹 자고 배불리 먹으러 찾아오는 편안한 휴식의 공간이 될 수 있도록.

아직은 젊은 내가, 이렇게 늙을 일을 미리 걱정하는 까닭은 아무래도 엄마이기 때문이다. 엄마는 다음 세대와의 연결고리를 늘 허리춤에 달고 살아가야 하는 운명을 가졌다. 늙는 것도 운명이고, 또 늙어가는 채로 내 딸의 젊음을 지켜보는 것도 운명이라면… 그렇다면 나는 마음속에 와다 할아버지네 같은 따뜻한 집을 한 채 지으며 늙고 싶다. 내 딸이 자주 찾아와 쉬다 갔으면 좋겠다.

나는 다짐한다.
그들과 나 사이의 이질감을 지우기 위해
아등바등하지 않겠다고.
오히려 어느 정도의 자연스러운 거리를
잘 유지하는 쪽을 택하기로 한다.

Afternoon of Sapporo

영화 속 명장면에도, 사람

좋아하는 노래 가사에도, 사람

수화기 너머에도, 사람

꿈속에서도, 사람

회의실에도, 사람

퇴근 후 약속도, 사람

훌쩍 떠나는 이유도, 사람

다시 돌아오는 곳도, 사람

결국 사람은, 사람

うのクリニック

삿포로의 오후

“우리의 로맨스는 좀 달라요.”

여행을 하다보면 유난히 자주 마주치는 사람들이 있다. 바로 나 외의 다른 여행자들이다. 이름난 곳일수록 우리는 현지인이 아닌 여행자를 더 많이 보게 된다. 솔직히 말해서 여행자에게 여행자는 그리 반갑지 않다. 나 또한 그들에게 그럴 것이다. 그래서 여행자는 서로에게 오래 시선을 두지 않으려고 한다. 우리는 서울에서 매일 지겹게 보던 얼굴들이니까. 1분 1초가 귀한 여행 시간은 처음 보는 풍경이나 다시는 보지 못할 사람들을 관찰하는 쪽에 쓰려고 한다. 하지만 유난히 시선을 뗄 수 없는 여행자의 얼굴이 있다. 바로 연인들이다. 특히 이제 막 시작된 연인들은 표시가 난다. 그들의 눈에는 빛이 모아져 있기 때문이다.

사귄 지 얼마 안 된 연인들에게 목적지는 별로 중요하지 않다. 동네 슈퍼든, 유명한 카페든, 어느 허름한 백반집이든 상관이 없다. 장소가 아닌 사람 때문에 서로의 얼굴에서 충만한 빛이 나고 있기 때문이다. 연애를 하면 예쁘고 잘생겨진다고 한다. 나는 그게 바로 이런 이유에서인 것 같다. 어딜 가든 마음이 즐거우니 그 즐거움이 얼굴빛에 고스란히 드러난다. 좋아서 껌뻑 죽는 누군가와 단둘이 있으니 비밀스러운 미소가 입술을 끌어당긴다. 그럼 좀 더 예뻐 보이고, 좀 더 잘생겨 보일 수밖에 없다. 그런 두 사람이 심지어 여행 중이라니. 나는 그들이 뿜어내는 빛에서 시선을 거둘 수가 없다.

예전 남자친구 이야기를 해볼까 한다. 눈이 크고 눈빛이 단단한 사람. 목소리는 부드럽고 말투는 야무진 사람. 당시 그는 나와 같은 회사에서 근무했다. 그것도 바로 옆 팀의 선배였다. 그래서일까. 우리는 비밀 같은 연애를 하고 있었다. 회사의 누구도 우리 사이를 신경 쓰지 않았겠지만, 왠지 모르게 우리는 늘 긴밀했다. 겨울 초입에 들어서자 모든 연인들이 그렇듯 우리는 메리 크리스마스부터 해피 뉴 이어까지를 함께 보낼 궁리를 했다. 그리고 삿포로라는 도시로 마음을 모았다.

삿포로는 작고 깨끗한 도시이다. 반나절 정도 걸어서 주요한 몇 곳을 돌아보면 머릿속에 동서남북이 그려지는 크기다. 홋카이도 대학교와 삿포로 맥주 공장, 니조 시장과 삿포로 TV 타워. 정확히 이 건물들이 동서남북에 위치하고 있지는 않다. 하지만 우리에게는 그 무엇보다 든든한 랜드마크였다. 머릿속에 이 좌표들을 찍어두고 우리는 우리의 로맨스에 집중하며 유유히 거닐었다. 하지만 나는 음흉하게 딴생각을 하기도 했다. 그를 은밀하게 관찰하고 있었기 때문이다. "이 사람, 좋은 사람일까?"라는 근본적인 질문을 하면서 말이다.

남자친구를 남편으로 확신하기 직전에 나처럼 은밀한 관찰을 하는 사람들이 많을 것이다. 물론 여자친구를 아내로 확신하기 직전에도 그렇다. 연애를 하고 있는 사람들 사이에는 다양한 온도의 감정이 흐른다. 서로를 확신하거나 의심하게 되는 기준도 저마다 다르다. 하지만 애인을 향한 모든 호기심, 탐구심 그리고 의심은 결국 '이 사람 진짜 좋은 사람일까?'라는 질문으로부터 온다. 이 질문에 대한 답을 찾는 데 도움이 되고자, 한 가지 방법을 추천하려 한다. 함께 여행을 떠나보는 것이다. 여행이 사람의 밑바닥을 보게 하는 결정적인 순간이 되지는 못한다. 가치관이나 세계관을 가늠해볼 만한 진지한 토론의 자리 또한 되지는 못한다. 그저 함께 새로운 것을 보고, 새로운 것을 먹고, 새로운 길을 걷고, 새로운 물건을 사는 일을 함께 할 뿐이다. 하지만 참 신기하다. 여행을 마치고 돌아오는 길에서 반드시 알게 되기 때문이다. 이 사람이 내가 생각하는 그 사람인지 아닌지를.

연애를 하고 있는 사람들 사이에는

다양한 온도의 감정이 흐른다.

삿포로에는 두터운 눈이 이리저리 날리고 있었다. 거리에 가라앉은 눈들은 얇고 하얀 막이 되어 도시 전체의 풍광을 더 낭만적으로 만들었다. 우리는 말수가 적은 연인이었다. 방금 전까지 공중에 휘날리던 눈을 밟으며 우리는 조용히 걸었다. 사진을 많이 찍었고 말은 조금만 했다. 어찌 보면 로맨스와는 거리가 먼 여행이었는지도 모른다. 갑자기 주머니에서 선물 상자를 꺼내는 그런 영화 같은 장면은 없었으니까. 미리 값비싼 레스토랑을 예약해두고는 상대방을 깜짝 놀라게 해주는 이벤트도 없었다. 남자가 무릎을 꿇어 여자의 운동화 끈을 묶어주거나, 골목 모퉁이에서 긴 입맞춤을 하는 장면도 없었다. 그와 내가 그런 사람이라서 참 다행이었다. 나는 그런 것에 힘쓰는 사람에게서 매력을 느끼지 않는다. 드라마에서조차도 그런 클리셰 앞에서는 채널을 돌린다. 물건도 사람도 행동도 조용하고 심플할수록 나의 마음을 끌었다.

우리는 아주 조용히 걷다가 배가 고프면 밥을 먹었다. 찾아간 식당이 핫플레이스이거나 유명한 맛집이 아니어도 괜찮았다. 둘 중에 어느 한 사람도 그것으로 섭섭해하지 않았다. 적당히 맛있고 적당히 배가 차오르는 양이면 그것으로 만족했다. 밥을 먹고 나면 커피와 간식을 먹었다. 여자인 내가 카페의 분위기나 디저트의 종류를 고집하는 일은 없었다. 남자인 그가 얼른 마시고 일어나자고 재촉하는 일도 없었다. 적당한 취향과 적당한 속도가 서로의 마음에 들었다.

여행에서 우리가 중요하게 생각하는 부분은 다른 데 있었다. 바로, 우리가 좋아하는 풍경이나 사람을 보고 함께 감탄하는 일이다. 예컨대 중절모를 쓴 할아버지가 벤치에 앉아 작은 포켓북을 꺼내어 읽는 모습을 주목한다. 우리는 이런 보통 사람들의 모습을 보는 것을 좋아한다. 내가 "아, 좋다."라고 말하면, 그는 카메라를 꺼내 그 장면을 사진으로 담는다. 우리가 함께 감탄했던 순간을 오래오래 간직하기 위해서다. 돈가스 집에서 노부부를 봤을 때도 그랬다. 주문한 돈가스를 기다리며 서로 아무 말도 하지 않는 할아버지와 할머니. 하나도 살갑지 않은 두 사람의 모습에서 나는 아주 오랜 세월 쌓아올린 로맨스를 보았다. 괜히 립서비스를 하거나 일부러 살을 부비지 않아도 이미 충분히 함께인 두 사람의 모습. 그 모습을 보며 나도 저렇게 빛이 잘 바랜 사랑을 하는 노인이 되고 싶다고 생각했다. "저기 뒤에 할아버지, 할머니 좀 봐." 라고 말하면 그도 그쪽을 넌지시 바라봤다. 말하지 않아도 그는 내가 그곳을 보라고 한 이유를 알고 있었다. 마치 대답처럼 그는 카메라를 꺼내 그 모습을 사진으로 담았다. 그렇게 우리는 우리 식의 여행을 했다. 이것이 바로 우리의 로맨스다.

서로 아무 말도 하지 않는 할아버지와 할머니.
하나도 살갑지 않은 두 사람의 모습에서,
나는 아주 오랜 세월 쌓아올린 로맨스를 보았다.
그 모습을 보며, 나도 저렇게 빛이 잘 바랜 사랑을 하는
노인이 되고 싶다고 생각했다.

삿포로의 평화로운 오후, 커다란 카메라를 메고 함께 걸었던 짧은 머리 청년. 그는 나의 남편이 되었다. 그가 삿포로에서 내 마음속의 오케이를 얻었던 것처럼, 나 또한 그때 여행을 하며 그의 마음속 언덕을 무사히 넘었던 게 아닐까 생각해본다. 우리의 삿포로 여행은 다음해 스코틀랜드 여행으로 이어졌으니까. 여행을 거듭할 때마다 둘 사이의 확신도 거듭되었으리라. 여행을 통해 편안하고 단단하게 쌓아올린 무언가는 어느새 우리를 신혼여행까지 이끌어주었다.

삿포로에 다녀온 지 3년이 지난 지금, 우리는 서로 싸운 적도 있고, 운 적도 있고, 아주 나쁜 말을 한 적도 있다. 하지만 여전히 머리를 맞대고 다음 여행지를 고른다. 가장 최근에는 교토에 다녀왔다. 교토를 여행하던 우리 부부의 모습을 떠올려본다. 그것은 우리의 첫 여행지인 삿포로에서의 모습과 크게 다르지 않았다. 많이 말하지 않았고, 많이 걸었다. 적당한 음식을 맛있게 먹으며 배를 두드렸다. 마음을 붙드는 장면들 앞에 멈춰 서서 감탄했다. 그리고 그것을 사진으로 찍어두었다. 우리는 우리 방식의 여행을 계속 해나갈 것이다. 나는 이런 나의 로맨스와 파트너가 참 마음에 든다. 좋은 스타트가 되어준 삿포로의 오후에 두고두고 감사할 일이다.

Again, Afternoon of Sapporo

어쩐지

생각이 길어지고

괜한 말이 줄어들고

깜빡 잊는 날이 많아지고

깜짝 놀라는 일이 적어지고

어쩐지

진짜 좋은 것도

진짜 싫은 것도

하나 둘 사라지고

어쩐지

30대가 되었고

어른이라 불리고

八天庵

다시, 삿포로의 오후

“엄마라는 곳으로의 긴 여행.”

다시 삿포로의 오후를 생각해본다. 이번엔 남자친구와의 삿포로가 아니라, 남편과의 삿포로에 대해서. 첫 번째 삿포로와 두 번째 삿포로 사이에 3년이라는 시간이 흘렀다. 그리고 그 3년 동안 나에게는 많은 일들이 있었다. 이 사람과의 연애를 한 권의 책으로 치자면 한꺼번에 페이지가 많이 넘어가버렸다. 우선 삿포로에서 내 마음속의 '오케이'라는 언덕을 넘었던 남자친구는 남편이 되었다. 연애 시절의 삿포로 여행은 소설로 치자면 중요한 복선에 해당한다. 그리고 우리 사이에 작고 귀여운 아기도 한 명 태어났다. 귀여운 에필로그가 더해진 셈이다. 그렇게 셋이 된 우리는 더욱 현실적이고 심오한 주제를 논하는 책을 하나 더 펼쳤다. 끝이 보이지 않는 아주 두꺼운 책을.

나는 육아를 진한 러브스토리에 비유한다. 아주 지독한 연애 같다. 도무지 마음을 알 수 없는 상대와 매일같이 밀당을 하는 셈이다. 심지어 그 연애를 하는데 24시간을 전부 써야 한다. 물론 작고 귀여운 아이에게서 나와 남편의 닮은 점을 헤아려보고 있노라면 시간 가는 줄을 모른다. 그러는 동안에 나의 몸과 마음 또한 추스를 수 없을 정도로 너덜너덜해지는데, 문제는 그것마저도 느끼지 못한다는 것이다. 아기에게서 눈을 떼지 못하기 때문이다. 그렇게 300일쯤을 보낸 후, 남편과 나는 서로에게서 지친 기색을 많이 발견했다. 내 얼굴을 거울에 비춰볼 여유는 없었지만 남편의 모습을 보며 짐작할 수는 있었다. 우리가 심각할 정도로 피곤하다는 것을. 아기 낳고 살다보면 다 그렇다고들 한다. 하지만 우리의 싱그러웠던 3년이 겨우 300일 만에 자취를 감춰버리는 건 좀 억울하다 싶었다. 그래서 우리는 판단했다. 우리에게는 진한 핫초코처럼 당도 높은 처방이 필요하다고. 그건 바로, 여행이었다.

하지만 앞서 말했다시피, 나는 아기와 찐한 사랑 중이었다. 아기를 시댁이나 친정에 맡겨두고 여행을 떠나는 것은 생각할 수 없는 일이었다. 이것은 사랑을 해본 사람이라면 금방

이해가 될 것이다. 이제 막 사귀기 시작한 작고 귀여운 연인을 두고 여행을 떠난다고? 내가 10개월 동안이나 꿈꿔오던 천사의 얼굴을 한 사람인데? 아니, 왜?

나는 캐리어의 절반을 아기 기저귀와 이유식 그리고 우유로 채웠다. 나머지 절반의 절반은 아기가 좋아하는 동화책과 이불, 그리고 소리 나는 장난감으로 채웠다. 그것이 짐처럼 느껴지지도 않았다. 평화로운 눈길 위로 로맨스가 툭툭 떨어지던 우리의 삿포로. 그 예쁜 도시를 아기와 함께 다시 여행할 수 있다니 그저 황홀했다. 마치 소개팅 주선자를 찾아가 "당신 덕분에 우리가 결혼했어요. 그리고 아기도 낳았어요. 예쁘죠?" 하고 인사하러 가는 기분이었다. 하지만 출발하는 비행기에 올라타는 순간부터 돌아오는 비행기가 착륙하는 순간까지 나도, 남편도, 아기도 생각보다 훨씬 많은 수고를 해야 했다. 그리고 생각보다 훨씬 적은 여행을 해야 했다.
아기는 비행기 안에서 많이 울었다. 호텔 안에서는 답답해했고 길에서는 많이 추워했다. 아기에게 참 미안했다. 그러고 보니 나는 아기의 입장에서 삿포로로 여행 오는 일에 대해 헤아려보지 않았다. 오직 나의 로맨스만 생각했다. 나에게 삿포로란 가깝고, 깨끗하고, 맛있고, 또 다정한 도시였다. 갈 수만 있다면 무조건 가야 하는 여행지였다. 하지만 아기에게는 정반대였는지 모른다. 멀고, 춥고, 평소에 먹던 것이 없고, 또 낯선 도시. 안 갈 수만 있다면 안 가는 게 좋은 여행지였는지도 모른다. 나는 어쩔 수 없이 그나마 아기가 가장 안전하게 지낼 수 있는 호텔에서 대부분의 시간을 보내야 했다.

하지만 명색이 여행인데, 남편과 나 모두 그러고 있을 수는 없었다. 한 명이라도 여행다운 여행을 하고 돌아가자는 마음에 남편을 단호하게 밖으로 내보냈다. 먹고 싶었던 음식도 많이 먹고, 찍고 싶었던 사진도 많이 찍고 돌아오라 했다. 하지만 남편은 한 시간을 넘기지 못하고 자꾸만 호텔 문을 열고 돌아왔다. 나는 남편이 여행을 얼마나 좋아하는지 잘 알고 있었다. 그는 여행을 좋아하고, 사진 찍는 것을 좋아한다. 세상에서 가장 좋아하는 것은 여행을 하며 사진을 찍는 것이다. 나는 남편이 좋아하는 것을 할 때 마음이 편안하다. 그래서 다음 날, 나는 남편을 더욱 먼 곳으로 내보냈다.

삿포로 도심에서 차로 3시간 거리에 비에이라는 곳이 있다. 삿포로가 도시라면 비에이는 시골에 가깝다. 삿포로에서는 눈 내리는 도시의 로맨스를 느낄 수 있다면 비에이에서는 눈이 만들어낸 언덕과 계곡 그리고 푸르게 얼어붙은 호수를 볼 수 있다. 남편이 찍는 사진의 스펙트럼이 한 뼘 더 늘어날 수 있는 장소였다. 나는 남편을 그곳으로 보냈다. 둘이, 아니 셋이 함께 갔으면 더할 나위 없이 좋았겠지만 우리는 알고 있었다. 그럴 수 없다는 것을. 나는 좋은 사진을 많이 찍어오라며 남편의 등을 떠밀었다. "나 너무 좋은 아내지? 나랑 결혼 잘했지?" 오히려 너스레를 떨었다. 내가 조금이라도 모난 말투와 시무룩한 얼굴을 보이면, 남편은 몇 걸음 만에 다시 호텔로 돌아올 것 같았다.

남편을 멀리 비에이로 놓아주고 나는 아기와 호텔에 남았다. 그러고 보니 그날은 2017년 1월 1일이었다. 아기가 옹알대는 소리, 그리고 그것에 나지막이 맞장구쳐주는 나의 목소리, 그 외에는 아무것도 들리지 않는 조용한 새해 첫날의 오후였다. 처음 삿포로를 여행하며 나는 이기적이게도 남편이 진짜 좋은 사람인지 아닌지에 대해 생각했었다. 그리고 두 번째 삿포로에서 나는 그 질문의 화살을 나에게로 돌리게 되었다. '나는 좋은 엄마일까?' 대답을 찾지 못하고 마음이 쪼그라들었다.

우선 내가 '좋은 사람'이긴 할까? 물론 인생의 후반기쯤에 주위 사람들이 나를 좋은 사람으로 평가해준다면 그건 참 영광스러운 일이다. 하지만 나는 거기에 별로 욕심을 내지 않는다. 적당한 사람이나 보통 사람이 되는 것만으로도 훌륭하다고 생각한다. '좋은 아내'도 '좋은 친구'도 그렇다. 얄미운 아내 혹은 무뚝뚝한 아내가 되어도 실패한 건 아니라고 생각한다. 끝내 누군가의 아내로 편안히 불린다면, 그것만으로도 충분히 따뜻한 일이라 생각한다. 친구들에게도 그렇다. 나는 불편한 친구이거나 혹은 무심한 친구일 수도 있겠다. 하지만 누군가 여전히 나를 친구라고 부르며 손잡아준다면, 그것만으로도 나는 충분히 뿌듯하다. 오히려 친구라는 명사 앞에는 조금은 짓궂은 형용사가 붙어야 더 친근해 보인다.

평화로운 눈길 위로

로맨스가 툭툭 떨어지던 우리의 삿포로.

그 예쁜 도시를 아기와 함께

다시 여행할 수 있다니.

그저 황홀했다.

하지만 엄마는 좀 다르다. 엄마는 꼭 좋은 엄마여야만 할 것 같다. 나에게 엄마는 늘 좋은 엄마였다. 밝고, 재미있고, 숙제를 잘 도와주고, 애교가 넘치고, 내 편을 들어주고, 그래서 결론적으로는 참 '좋은' 엄마였다. 그래서 엄마가 된다면 나 또한 꼭 좋은 엄마가 되어야 한다고 생각했다. 나쁜 엄마, 바쁜 엄마, 사나운 엄마, 서투른 엄마는 있을 수 없는 일이었다.

그렇게 정돈되지 않은 마음으로 호텔방을 나왔다. 그래봐야 나와 아기가 갈 수 있는 곳은 호텔의 로비였다. 엘리베이터 옆에 놓인 자판기에서 음료수와 과자를 뽑아 먹었다. 반짝거리는 버튼을 누르니 캔이 데구르르 굴러떨어졌다. 아기는 웃으며 박수를 쳤다. '아, 어리고 귀여운 것. 철없는 엄마 때문에 고생하는 줄도 모르고….' 웃는 아기를 동그랗게 매만졌다. 그리고 다시, 마음을 어지럽히는 질문을 시작했다. '나는 좋은 엄마일까?' 좋은 엄마… 좋은 엄마… 좋은 엄마라는 질문은 '우리 엄마'에 대한 생각으로 이어졌다.

내가 엄마가 되었을 때 가장 먼저 떠오른 내 엄마의 모습은 90년대의 백화점에서의 한 장면이었다. 기억 속의 그날은 이미 어둑어둑할 무렵으로, 백화점의 폐장 시간을 짐작케 하는 어수선한 분위기였다. 나는 아직 어른들과 눈높이가 맞지 않는 작은 꼬마여서 매대에 걸터앉아 바닥에 닿지 않는 발을 흔들고 있었다. 앞뒤의 상황은 전혀 기억나지 않는데, 내 앞에는 여자아이들이 흔히 갖고 노는 장난감 화장도구 세트와 음료수 자판기 모형의 장난감이 나란히 놓여 있었다. 점원은 둘 다 얼마나 재밌고 유익한지를 설명하고 있었다. 엄마는 그걸 반은 듣고 반은 흘려보내며 머리로 이런저런 계산을 하는 얼굴이었다. 점원은 설명을 하면서도 연신 엄마의 눈치를 살폈다.

신기하게도 여자아이들은 분위기를 통해 사람의 복잡한 심리를 읽어낸다고 한다. 어느 유명 강사의 강의에서 들은 이야기다. 유치원에 다녀온 남자아이에게 "오늘 하루 어땠니?"

라고 물어보면 돌아오는 대답은 "재밌었어." 혹은 "몰라, 재미없어." 둘 중 하나라고 한다. 하지만 여자아이들은 그날 있었던 일을 쫑알쫑알 다 일러주는데 그 내용이 꽤 디테일하다는 것이다. "원장 선생님이 새싹반 선생님을 너무 미워해서 새싹반 선생님이 불쌍해."라며, 고용관계가 갖고 있는 불편한 맥락까지 읽어낸다는 것. 이것이 바로 나이를 불문하는 여자의 눈썰미라는 우스갯소리인데, 그맘때쯤의 나를 돌이켜보니 맞는 말 같다.

다시 옛날의 기억으로 돌아가보자면, 유난히 선명한 장면이 하나 떠오른다. 엄마는 자판기 모형 장난감을 눌러보며 제법 그럴싸하게 굴러 나오는 음료수 캔 모형을 만지작거렸다. 그리고 아주 작은 목소리로 말했다. "둘 다 사주고 싶은데…." 딱히 점원에게 하는 말 같지는 않고, 설마 나에게 했던 말도 아니고, 결국은 엄마의 혼잣말. 엄마의 그 혼잣말이 아직도 잊히지 않는다. 돈이 모자랐을까? 아니면 둘 다 사주는 것은 교육상 좋지 않다고 생각했을까? 되돌아보면 지금의 나보다 고작 서너 살 많은 젊은 엄마. 그녀가 두 개의 장난감 앞에서 주저하며 했던 말이 귀엽고 또 안쓰럽다. 여느 아는 언니 같았더라면, 내가 뒤에서 등을 쓰다듬어줬을지도 모를 일이다.

둘 다 사주면 안 되었든 둘 다 사주지 못하는 상황이었든 그런 어른들의 사정은 알 수가 없다. 하지만 그때 엄마의 얼굴과 백화점의 소음, 어둑하게 짐작되는 시간, 그리고 사실은 내가 먼저 사달라고 말한 적 없었던 두 장난감의 반질반질함. 이런 것들이 늘 마음에 선명하게 새겨져 있었다. 예전에는 이 대목에서 그저 장난감을 사줄까 말까를 고민하는 엄마를 상상했었다. 하지만 삿포로에서 비로소 알게 되었다. 정확히는 엄마가 된 내가, 아기와 함께 삿포로에 와서 짐작하게 되었다. 그때의 엄마 또한 스스로 묻고 있었다는 것을. '내가 과연 좋은 엄마일까?'라고.

삿포로 여행을 하며, 아니, 기껏 삿포로에 왔지만 여행을 제대로 하지 못하며 나는 알게 되었다. 30년 전에 엄마가 신중하게 서 있던 그 페이지 위에 내가 서 있다는 것을. 아기를 위해 무언가를 제대로 해주지 못해서, 혹은 아기를 위해 무언가를 있는 힘껏 해주면서도 만족스럽지 못해서, 자꾸만 스스로에게 엄격히 물어본다. '나는 좋은 엄마인가?'라고. 30년 전 엄마의 등을 토닥여주는 마음으로, 나는 나에게 조금 느슨하게 굴기로 다짐했다. 좋은 엄마라는 숙제 앞에서 조금 게을러져도 되겠다 싶었다. 좋은 사람이나 좋은 아내, 좋은 친구라는 목표 앞에서 스스로 상당히 너그러웠던 것처럼 말이다.

나는 내 마음에 어설 수 없는 양보를 한다.
내가 될 수 있는 엄마 그 이상을 욕심내지 말자고.

아무리 생각해도 나는 우리 엄마가 나에게 했던 그대로 내 딸에게 해주지 못할 것 같다. 그래서 나는 내 마음에 어쩔 수 없는 양보를 한다. 내가 될 수 있는 엄마 그 이상을 욕심내지 말자고. 내가 될 수 있는 엄마에 대한 힌트는 바로, 삿포로에서 선보인 호기로운 아내의 모습에서 찾을 수 있었다. 남편이 좋아하는 것을 좋아할 수 있게 해주는 것, 그리고 그렇게 함으로써 내 마음도 편안해지는 것. 남편에게 그러하듯, 딸에게도 그리해주면 되지 않을까? 그것이 바로 내가 현실적으로 가닿을 수 있는 좋은 엄마의 언저리쯤이 아닐까? 나는 내 딸이 좋아하는 것을 좋아할 수 있게 해주고 싶다. 그렇게 함으로써 내 마음도 편안해지기를 소망한다. 로엘아, 좋아하는 것을 좋아하며 살길 바란다. 엄마가 도와줄게. 여기에다가 약속했으니까, 믿어도 좋아.

Afternoon of Washington, D.C.

'내가 좋아하는'이라는 말을

유용하게 써보세요

앞에다 붙이기만 해도

왠지 떳떳한 마음에

기분이 좋아지거든요

내가 좋아하는, 밤에 라면

내가 좋아하는, 하루종일 만화책

내가 좋아하는, 심야 라디오

내가 좋아하는, 집에 있기

내가 좋아하는, 나

워싱턴 D.C.의 오후

"책을 덮어야 읽을 수 있는 세상이 있다."

좋은 여행에는 몇 가지 조건이 있다. 그중에 가장 사치스러운 조건을 꼽아보자면 아마도 '충분한 시간'일 테다. 우리는 때때로 당일치기로 여행을 하거나, 3박 5일이라는 이상한 낮과 밤의 셈법으로 여행을 떠난다. 시간이 없기 때문이다. 하지만 만약 모든 것이 다 주어진다면, 그러니까 시간도, 돈도, 동반자도, 여행지도, 전부 내 마음대로 고를 수 있다면 어떨까? 그런데도 일부러 딱 1박 2일만 여행을 하고 돌아오겠다는 사람이 있을까? 1박 2일보다는 2박 3일이 좋고, 일주일보다는 보름이 더 좋은 것이 여행이다. 그렇게 생각하는 나에게 인생 최고로 사치스러운 여행을 할 수 있는 기회가 생겼으니, 바로 스물세 살 때의 일이다. 한 학기 동안 교환 학생으로 미국에 다녀오게 된 것이다. 그것도 미국의 서울, 워싱턴 D.C.에.

사실 내 마음속 깊은 골짜기에는 매사 신중하게 구는 샌님이 한 명 살고 있다. 남들이 신나게 롤러코스터를 탈 때 밑에서 구경이나 하려는 샌님. 나는 회전목마 정도면 충분하다는 그런 샌님. 내 마음속 샌님 때문에라도, 내 평생에 6개월의 장기 여행은 불가능해 보이는 일이었다. 부모님께 허락받을 방법을 고민할 필요도 없었다. 내 마음속 샌님이 허락하지 않을 테니까. 하지만 교환 학생으로, 그러니까 공부를 하러 미국에 가는 것은 차원이 다른 핑계였다. 그렇게 나는 나에게 생에 가장 긴 여행을 흔쾌히 허락했다.

어렸을 때 나는 공부를 잘하는 학생이었다. 초등학교 1학년 때부터 고등학교 3학년 때까지 늘 우등생이자 모범생이었다. 이것은 자랑이 아니다. 왜냐하면 그 이후로는 공부는커녕 무엇인가를 최선을 다해 모범적으로 해본 적이 없기 때문이다. 그래서 이것은 부끄러운 추억이자, 어딘가 잘못된 과거이다. 초등학교 때는 아무런 노력 없이도 공부를 잘할 수 있었다. 중학교 때는 더 공부가 잘됐다. 시험을 앞두고는 친구와 함께 도서관 문이 닫힐 때까지 공부를 했다. 풀리지 않는 문제는 토론을 해서라도 이해하려고 했다. 예를 들어 운동 에너지와 위치 에너지에 관련된 과학 문제가 풀리지 않을 때면, 종이로 모형을 만들어 직접 떨어뜨려가며 답을 찾아냈다. 거짓말 같지만 진짜 그랬다.

고등학교 시절의 이야기는 차라리 무용담에 가깝다. 사람이 지나치게 많은 양의 문제집을 풀다보면, 머릿속에서 문제가 한 번 꼬여서 이해되기 시작한다. 같은 내용을 계속 반복하다보니 질문을 있는 그대로 받아들이지 못하는 지경에 이르는 것이다. 나도 모르게 질문 속에 숨어 있는 또 다른 의도나 수를 읽으려고 해서 문제가 요구하는 답 그 이상을 고민하게 된다. 그래서 잘 풀던 문제도 틀리게 되는 것이다. 나는 아침 7시 30분에 등교해 밤 12시 30분까지 하루 종일 문제집만 푸는 그런 고등학교를 다녔다. 아이러니하게도 그런 고등학교가 학부모들에게는 명문 고등학교라고 불려졌다. 고3 여름방학이 지날 무렵 나처럼 문제집을 너무 많이 풀어서 머리가 배배 꼬인 학생이 하나둘 생겨났다. 그때 선생님들이 내리는 처방은 바로 'EBS에서 나오는 문제집 한 권 외에는 풀지 말 것'이었다. 아, 웃기지 않은가. 얼마나 공부를 했으면 공부를 조금 쉬라는 지도편달을 받는다는 말인가.

듣기만 해도 재수 없는 나의 공부 역사. 내가 이것을 소개하는 이유는 바로 이것이 대단히 잘못된 교육임을 말하기 위해서다. 우선, 내가 한 것은 공부가 아니라 문제를 푸는 기술 연마였다. 그리고 선생님들의 처방 또한 문제 푸는 기계에 과부하가 걸렸으니 기계의 전원을 잠시 끄라는 것과 다름이 없었다. 나는 그런 식으로 공부를 하여 수능을 마쳤다. 그러고는 공부라는 것에서 아예 손을 놓아버렸다. 대학생 시절을 돌아보면 어느 대목에선 한없이 부끄러워지고 만다. 나는 문과대생이었고, 영문학을 전공했다. 문학 전공 수업의 시험 문제는 작품에 대한 나의 생각을 길게 써내려가는 에세이 형식이 대부분이다. 하지만 나는 단 한 권의 문학책도 진지하게 읽어본 적이 없다. 시험을 치기 직전에 책 표지에 적힌 부제목이나 짧은 설명을 외워뒀다가 그것을 토대로 말도 안 되는 답안을 써내려갔다. 버지니아 울프의 〈댈러웨이 부인Mrs. Dalloway〉에 대해 논하는 것이 시험 문제라고 하면, 나는 책 표지에 적힌 '의식의 흐름 기법으로 써내려간 여성 문학' '영국 모더니즘의 정수' 정도의 문장을 후다닥 체크 해뒀다가 그것과 관련해 할 수 있는 모든 말들을 총동원해 시험지를 채웠다. 당연히 성적은 엉망이었다. 대학 4년 내내 나는 늘 그런 식으로 공부를 때웠다.

나에게는 동아리 활동이나 총학생회의 일이 늘 우선이었다. 밤새워 노트 필기를 외우지는 않았지만 총학생회 선거 캠프에서는 새벽이 될 때까지 정책 홍보집을 만들었다. 책상에 앉아 엉덩이로 시간을 뭉개고 있기보다는, 카메라를 들고 다니며 다큐멘터리 영상을 촬영했다. 그게 더 멋있는 대학생의 모습이라고 믿었다. 다 커서 삐뚤어진 나의 학습 태도를 조금은 다른 각도로 생각해본다. 그 시기에 내가 책을 열어보지 않은 것은, 오히려 진짜 공부가 하고 싶어서였는지도 모른다. 교과서와 문제집 속에 갇혀 살아온 지난 12년. 그 긴 시간 동안 엉덩이를 의자에 꾹 붙이고, 나의 머리는 스무 살에 타이머를 맞춰놓고 견디고 있었던 것이다. 내가 진짜 공부를 하게 되는 때를 기다리며 말이다. 스무 살의 나는 알고 싶은 것이 많았다. 그리고 이왕이면 그것들이 진짜 살아 있는 것이길 바랐다. 그래서 나는 늘 책상을 비워두고 밖으로 나갔다.

나의 이러한 학습 태도는 미국에서도 변함이 없었다. 아니, 미국이니까 더욱 그래야 했다. 미국이라는 큰 세상 속에 사는 사람들을 읽고, 이해하고, 때론 암기하며, 적용해봐야 했다. 그러려면 나는 더욱 단호하게 책을 덮어야 했다. 그래서 서울에서 그랬던 것처럼 동아리 활동을 하고, 뉴스레터를 만들고, 사진을 찍었다. 주말에는 친구들의 차를 얻어 타고 교

외로 나가 봉사활동을 했다. 전공서를 읽는 것보다 밖으로 나가 현지인들을 만나는 것이 더 즐거웠다. 그들과 나눈 대화, 눈치, 분위기, 소속감 혹은 소외감 같은 사회적 뉘앙스… 나는 책 페이지를 넘길 때보다 훨씬 더 많은 것들을 읽어 내려갔다. 어떤 소설이나 시를 읽었을 때보다도 플롯이 생생하게 살아 있었다. 그들과 몇 시간이라도 함께 살아보는 것이 나에게는 진정한 의미의 탐독이었다.

그들과 나눈 대화, 눈치, 분위기, 소속감
혹은 소외감 같은 사회적 뉘앙스…
나는 책 페이지를 넘길 때보다
훨씬 더 많은 것들을 읽어 내려갔다.

해리엇 터브먼Harriet Tubman 초등학교에서 방과 후 학습 도우미를 했을 때의 일이다. 매일 열 명 정도의 학생들이 방과 후에도 교실에 남아 숙제를 했다. 그 친구들의 공부를 돕는 것이 나의 일이었다. 처음 교실 문을 연 날, 아이들의 눈이 뒤집혔다. '도우미 선생님이 동양인이라니!' 하는 눈빛이었다. 내가 너무 과하게 의식한 것이 아니냐고? 그럴 수도 있다. 하지만 그들은 나를 보자마자 이렇게 물었다. "중국인이에요? 나눗셈이 뭔지 알아요?" 어휴, 귀여운 꼬맹이. 그런 질문조차도 사랑스러웠다. "물론이지! 도와줄까?" 나는 그들에게 좋은 친구가 되고 싶었다.

그런데 내 마음이 너무 앞선 나머지 말썽을 일으키고 말았다. 유난히 키가 작고 말수가 적은 아이가 계속 눈에 밟혔다. 무엇이라도 더 해주고 싶었던 서투른 마음에 내가 갖고 있던 풍선껌을 하나 주며 그 아이에게 말을 붙였다. 이것이 시작이었다. 내가 아이들 모두의 적이 되어버린 끔찍한 결말의 시작. 한국이나 미국이나 어린아이들에게 잘못 건네진 풍선껌은 불화를 자초한다. 심지어 누구는 주고, 누구는 주지 않는 것은 세상에서 가장 서럽고 억울한 일이다. 나는 아이들의 세계를 지탱해주던 작고 귀여운 평화의 맥락을 하나도 읽지 못했다. 아주 엉터리 선생님이었다.

다음 날, 어째 분위기가 이상했다. 가장 똑 부러진 아이가 이렇게 속삭였다. "쉿, 솔 온다." 아무도 나와 눈을 마주치지 않았다. 좀 이상하긴 했지만, 대수롭지 않게 여겼다. 여느 때처럼 웃으며 오늘의 숙제를 물어봤다. 아무도 대답하지 않았다. 그제야 이상하다는 생각이 들었다. "말해봐. 무슨 일 있어? 오늘은 즐거워 보이지 않는데?" 그랬더니 한 아이가 대뜸 이렇게 말했다. "쟤만 캔디 줬잖아요. 불공평해요." 맙소사. 내가 무심코 주고 간 캔디 하나, 아니 껌 하나 때문에 반 전체 아이들이 나를 미워하고 있었다. 오직 나에게 캔디, 아니 껌을 받은 아이만이 어색하게 눈을 굴리고 있었다. '야, 니네 그거 가지고 이렇게까지 굴 일이야? 그리고 그거 캔디 아니거든 껌이었거든.' 하고 싶은 말은 많았지만, 그걸 또 치사하게 다 말할 수는 없었다. 나는 훨씬 어른이고, 또 선생님이었으니까. 나는 꿔다 놓은 보릿자루가 되어 교실 한편에 우두커니 서 있었다. 누구의 숙제도 도와주지 못했다. 아이들에게 불평등한 대우를 한 대가는 참으로 무서웠다.

하지만 더욱 커다란 대가가 나를 기다리고 있었다. 방과 후 수업을 마치고 집으로 가려는데 아이들 대여섯 명이 나를 둘러쌌다. 이때는 솔직히 무서웠다. 아이들이 이렇게 말했다.
"우리 초콜릿 사주세요. 저기 타겟 있어요."

타겟Target은 동네의 커다란 마트 이름이었다. 하지만 그들이 노리는 타깃Target에게도 손색없는 이름이었다. "안 돼. 다른 아이들에게 불공평하잖아." "괜찮아요. 비밀로 하면 되잖아요."

어째 아까와는 서로 반대되는 논리를 내세우며, 우리는 싸우기 시작했다. "1달러밖에 안 하잖아요. 하나, 둘, 셋, 넷, 다섯, 여섯. 우리 여섯 명인데, 6달러도 없어요? 애개." 이 녀석들이 보자보자 하니까 나를 갖고 놀고 있었다. "없어. 이제 그만해." 휙 돌아 교실을 빠져나왔다. 뒤에서 구시렁거리는 소리가 들렸다. 아, 창피해, 창피해. 초딩들과 싸우는 스물세 살이라니. 하지만 지금 초콜릿을 사줬다가는 더 이상 감당하지 못할 우스운 대접을 받을 것 같았다. 그리고 나도 어째 진심으로 화가 나서 '이 얄미운 것들 내가 사주나봐라' 하는 마음도 조금 있었다. 우습지만, 나는 정말 화가 났다. 그래서 내 나름의 최선을 다해 아이들과 싸워버렸다.

지금은 웃으며 추억하지만, 참 난감한 오후였다. 나에게는 워싱턴 D.C.에서 보낸 아름답고, 기분 좋게 심장이 떨리고, 마음이 두둑이 불러오던 오후들도 있었다. 하지만 나는 이날의 방과 후 수업 시간을 최고의 기억으로 꼽는다. 이날 밖으로 나가지 않고 도서관에서 책만 읽었다면 어땠을지 상상해 본다. 얼마나 대단한 문학작품을 읽은들 이날 오후에 나눴던 대사처럼 또렷하게 기억에 남을 수 있을까. 그날 나를 가장 무섭게 몰아세웠던 학생은, 수업 마지막 날 나에게 연필로 그린 작은 토끼 그림을 건넸다. "아아, 고마워. 정말 사랑스러운 그림이다. 너 오늘 참 예쁘구나." 아, 조련당하는 기분이 이런 거구나. 내가 할 수 있는 모든 감사와 칭찬의 말을 보답으로 건넸다. 그리고 그 아이는 이렇게 대답했다. "아니, 나 안 예쁜데요." 그래… 내가 마지막 날까지 너한테 한 수 배우고 간다.

서른하나. 나는 어쩌면 공부라는 것에서 한 발짝 떨어진 나이가 되었는지도 모른다. 이제 공부라는 단어에는 내가 아닌 딸의 모습을 떠올린다. 그래서 나는 이렇게 다짐한다. 나의 딸에게는 내가 학창 시절에 했던 식의 공부를 강요하지 않겠다고. 그때의 친구들을 몇몇 기억나는 순서대로 손가락에 꼽아본다. 나처럼 공부를 열심히 하고, 선생님 말씀을 잘 듣던 학생들은 대부분 직장인이 되었다. 상사의 말을 잘 듣고, 주어진 업무를 착실히 수행하는 성실한 직장인. 물론, 그런 우리네 인생도 괜찮다. 성실함은 아주 위대한 덕목이니까.

다만 중요한 것은 이것이다. 꼭 한 가지 모습으로만 성실할 필요는 없다는 것. 공부를 못한다고 해서 인생이 실패하는 것은 아니다. 문제집 푸는 것에 흥미가 없다고 해서 미래가 어두워지는 것도 아니다. 지금 이른바 크게 성공했다는 친구들을 떠올려본다. 꾸준히 사랑받는 브랜드의 대표, 잘나가는 디자이너, 따르는 사람이 많은 사업가. 학창 시절의 그들은 착실한 학생과는 거리가 멀었다. 다만 자신이 좋아하는 것을 일찍 발견해냈고, 그것에 대한 '진짜 공부'를 성실히 했다.

개인적으로는, 착실하게 문제집만 풀었던 나의 학창 시절을 후회한다. 내가 무엇을 할 때 즐거운지를 잘 들여다보고 그것과 관련된 '진짜 공부'를 했더라면 좋았을 것이다. 나의 딸은 자신의 흥미를 잘 알고 또 존중하며 그것을 공부하는 사람이 되길 바란다. 등수와 점수보다는 좋아하는 일을 먼저 헤아렸으면 좋겠다. 오늘의 숙제처럼, 오늘의 놀이도 열심히 했으면 좋겠다. 문제집보다 시집을 읽었으면 좋겠고, 시험을 잘 치기보다는 여행을 더 잘했으면 좋겠다. 아무리 생각해보아도 그게 더 멋지다.

등수와 점수보다는
좋아하는 일을 먼저 헤아렸으면 좋겠다.
오늘의 숙제처럼
오늘의 놀이도 열심히 했으면 좋겠다.

Afternoon of Bangkok

담백한 식탁

성실한 퇴근길

소소한 주말과

더 소소한 휴가

낡은 정장에

더 낡은 자동차

내는 괜찮다

아직 쓸 만하다

하시는

떳떳한 행복이

나는 참 자랑스럽습니다

지나고 보니

가장 보통 사람이라서

감사한 당신에게

곱빼기로 박수를

방콕의 오후

"웃고 있는 사람이 가장 센 사람이다."

여행을 하다보면 별것 아닌 일에 마음이 휘둘리기도 한다. 현지인이 웃는 눈으로 "Where are you from?"이라고 물어봐주면 마치 이 도시 전체가 팔을 벌리며 나를 환영해주는 기분이다. "캄사합니다."라고 어설픈 한국말까지 구사해준다면 국빈 대접을 받은 것 같은 기분에 하루 종일 마음이 너그러워진다. 하지만 그 반대의 경우, 여행자의 기분은 처참하게 무너진다. 예를 들면 이런 경우다. 낯선 도시에서는 눈에 보이는 모든 것이 사진이고 그림이 된다. 그 시각적인 낭만에 취해 가끔은 아무 사람에다 대고 카메라 셔터를 누르기도 한다. 대부분 웃어주지만 호되게 거절을 당할 때도 있다. "No photo, No!" 이 날카로운 몇 마디가 사람을 얼마나 서럽게 하는지. 내가 얼마나 많은 돈과 시간을 들여 이곳을 찾아왔는데 겨우 이런 대접이나 받아야 하나. 콕 집어 설명하기 힘든 억울함이 마음에 쌓여간다.

콧대 높은 도시에 마음을 다쳐본 적이 있다면, 언제나 따뜻한 도시 방콕으로의 여행을 추천한다. 여기서 따뜻함이란 날씨만을 이야기하는 것은 아니다. 그곳 사람들은 언제나 가슴팍에 손을 모으며 눈인사를 건넨다. 그러고는 이 말을 덧붙인다. "코쿤캅." 상큼한 걸그룹이 부르는 노래의 후크 같기도 하고, 마법을 쓰는 사람들의 짧은 주문 같기도 한 소리. 그들은 어쩜 이리도 특이한 소리와 모양으로 이루어진 언어를 가지게 된 걸까? 그리고 그 언어는 어쩜 이렇게 사람을 기분 좋게 하는 걸까? 굳이 비유하자면, 나에게 딱히 해준 것도 없는데 괜히 기분이 좋아지는 사람을 만난 것 같다. "에고고, 제가 더 코쿤캅"이라는 말이 절로 나오게 만드는 도시, 방콕. 나는 방콕 사람들의 공손함을 볼 때마다 아빠가 생각이 났다.

나는 아빠를 좋아한다. 사랑한다고 하기에는 글쎄, 좋아한다고 말하는 쪽이 내가 가진 담백한 마음의 둘레를 재기에 꼭 맞는 것 같다. 존경한다고 하기에도 글쎄, 물론 나는 존경이라는 엄숙한 두 글자 앞에서 가장 먼저 아빠를 떠올리기는 한다. 세 명의 가족을 끌어안고 8, 90년대를 지나온 아빠는 우리 집안에서 가장 단단한 사람이었다. 피부의 가장 바깥에서, 약하고 어린 우리를 지켜주는 굳은살처럼 말이다. 하지만 그 복잡한 시대를 건너오며 아빠는 나에게 때때로 미운 얼굴과 감추고 싶은 얼굴도 보여준 적이 있었음을 부정할 수 없다. 그래서 내가 아빠에게 쏟을 수 있는 가장 애틋한 표현은 바로 이것. 나는 아빠를 진심으로 이해하고, 또 좋아한다.

낯선 도시에서는 눈에 보이는 모든 것이 사진이고 그림이 된다.
그 서사적인 낭만에 취해 지금은 아무 사람에다 대고
카메라 셔터를 누르기로 한다.

어린 시절, 내가 올려다본 아빠의 얼굴은 힘으로 가득 차 있었다. 무언가에 분노할 때도, 무언가에 기뻐할 때도, 아빠의 몸에는 에너지가 가득했다. 목욕탕에서 지갑을 도둑맞았을 때의 얼굴과 내가 던진 농담이 소위 '핀트'에 꼭 맞아서 웃음이 팍 터졌을 때의 얼굴. 그 두 얼굴은 우리 집 전체의 공기를 정반대의 것으로 만들곤 했다. 그 정도로 아빠에게는 커다란 에너지가 있었고, 그 에너지는 꽤 많은 것들을 좌우했다. 그런데 요즘은 거의 모든 상황에서 아빠는 힘없이 웃으신다. 아쉬운 일이다. 빠져나온 곳이 있으면 도착한 데가 있어야 하는데, 아빠의 얼굴을 가득 채우던 힘들은 간 데 없이 사라져버렸다. 말투가 아주 공손해졌고, 또 언제든 고개를 숙일 수 있을 만큼 목 주변이 유연해졌다. 어쩐지 일부러 힘을 빼고 수줍게 웃는 아가씨처럼 보일 때가 있을 정도로.

물려받은 유전자를 더듬어 짐작해보건대, 아빠는 어쩌면 힘 잃는 방법을 스스로 선택하신 것인지도 모른다. 아주 공들여

키운 두 딸이 이제는 도저히 자신의 힘으로는 컨트롤할 수 없을 만큼 먼 세상으로 나가버렸기 때문이다. 예전처럼 울타리를 튼튼하게 고친다든가 길에 박힌 돌부리를 다 솎아 낸다든가 하는 물리적인 방법으로는 더 이상 우리를 지킬 수 없다고 생각하신 것 같다. 그래서 이제는 몸에서 힘을 빼고, 새로운 방식으로 우리들을 지키기로 결정하셨는지도 모른다. 시골에서, 저 멀리 서울까지. 물리적인 방법이 아닌, 화학적인 방법으로.

사람들은 어떤 커다란 일이 닥치면 우선은 할 수 있는 최대한의 능력과 힘으로 그것을 해결하려고 한다. 하지만 하다하다 어찌할 도리가 없게 되었을 때, 이건 도저히 내 능력 밖이라는 것을 알게 되었을 때, 사람은 모든 것에서 손을 떼고 절대적인 누군가에게 빌게 된다. '제발 살려주세요' 혹은 '비나이다 비나이다'로 시작하는 기도문처럼 말이다. 아빠도 그런 것이 아닐까.

두 딸은 고등학교를 졸업하자마자 손이 닿지 않는 먼 곳으로 공부를 하러 가버렸다. 먹는 것과 입는 것은 둘째 치고 서울의 복잡한 부동산 시스템, 단위가 다른 돈 계산, 게다가 이해할 수 없는 요즘 식의 연애, 어려운 대학 공부, 취업과 졸업은 또 어쩌려는지… 걱정이 될 때마다 아빠는 어찌 할 도리가 없었을 거다. 이제 딸들은 당신이 그려놓은 원의 바깥 저 멀리에 있다는 것을 알게 된 아빠. 외롭게 뿌리내린 컴퍼스 기둥처럼 남겨져 일종의 기도와 같은 생활을 성실히 수행하는 수밖에 없었던 것이다. 아주 은밀하고 간절한 마음으로 말이다. 마치 오늘 마주치는 모든 사람들이 내 딸에게 일어날 크고 작은 사건을 좌우하는 힘을 가진 절대적인 존재인 양 그들에게 공손하게 인사하고, 서운함이 없게 함으로써, 또 허전한 집으로 돌아와서는 이미 깨끗한 방바닥을 한 번 더 말끔히 닦아냄으로써, '이 성실함에 대한 보상으로 오늘 두 딸의 하루가 무탈하게 해주십시오.'라고 비는 아빠의 마음을, 나는 잘 알고 있다.

아기를 키우며 내가 가장 꾸준히 지켜보게 되는 관계는 바로 남편과 딸의 사이이다. 그 둘을 관찰하며 나는 자연스럽게 아빠와 나 사이의 소소한 사건들을 떠올린다. 나는 그중에서도 《삼국지》를 가장 애틋한 추억으로 꼽는다. 우리 아빠는 《삼국지》를 읽지 않았다. 딱히 말해주지 않아도, 나는 그것을 잘 알고 있었다. 아빠는 현장에서 근무하는 노동자다. 책보다는 신문을, 신문보다는 TV를 보며 쉬는 것이 진정한 휴식이었던 아빠. 돈을 벌러 가는 차 안에서는 늘 고속도로 휴게소에서 산 트로트 테이프를 들으셨다. 말 그대로 블루칼라임을 증명하는 작업복을 보고 자란 나는, 충분히 짐작할 수 있었다. 아빠는 《삼국지》 전권을 읽을 여유가 없는 사람이라는 것을.

고등학교 1학년 국어 시간, 머리끝부터 발끝까지 꼰대 같았던 선생님은 어느 맥락에선가 이렇게 말하셨다. "《삼국지》를 꼭 읽어라. 《삼국지》를 읽지 않은 사람은 사람도 아니다. 너

희 아빠들도 다 읽었을 거다. 안 읽었으면 내가 손에 장을 지진다." 무슨 반항심에서였을까. 나는 "우리 아빠는 안 읽으셨는데요"라고 아주 큰 소리로 말했다. 아이들이 조금씩 웃었다. 저 꼰대 같은 선생님, 우스운 꼴 좀 당해보라지. 속이 다 시원했다. 나는 이미 소기의 목적을 달성했다. 선생님은 좀 더 세게 나오셨다. "내 휴대폰으로 아빠한테 전화 걸어서 물어봐라. 분명히 읽었을 거다. 아니면 식권 한 장 준다." 식권이 문제가 아니었다. 나는 살면서 식권이 문제가 될 정도로 가난해본 적이 없다. 이것도 물론, 아빠의 성실함 덕분이다.

나는 선생님 말이 다 맞는 것은 아니라는 것을 꼭 증명해보이고 싶었다. 그래서 정말로 아빠에게 전화를 걸었다. 따르릉. "여보세요?" "아빠, 난데. 아빠 《삼국지》 안 읽었지?" "어. 안 읽었는데…" "응, 알았어." 철컥. "안 읽으셨다는데요?" 반 전체가 웃었다. 선생님은 머쓱하게 웃으며 나에게 식권을 한 장 건넸다. 그런데 나는 속이 하나도 시원하지 않았다. 반대로, 점점 답답해지고 있었다. 뭐지, 내가 원한 건 이게 아닌데. 그 뒤로 수업 시간이 어떻게 지나갔는지 모른다. 마음속 어딘가가 엉망진창이 되고 있었다.

자존심이 구겨진 것도 아니고, 미안함이 쏟아진 것도 아니었다. 뭐라고 이름 짓기 어려운 감정에 하나의 고정된 표정을 짓고 있기가 곤란했다. 아빠는 끊어진 딸의 전화 뒤로 무슨 생각을 했을까? 힘이 빠지도록 솔직한 아빠의 대답이 소화되지 못한 채로 나의 목구멍쯤에 얹혀 있었다. 친구들의 웃음도 꼭 선생님 때문만은 아닌 것 같았다. 여러 가지 생각이 꼬여 있는 자리가 따끔따끔 아렸다. 수업 종이 울리자마자, 나는 재빨리 선생님에게 식권을 돌려드렸다. 아마도 일종의 반성이었다. 이 식권을 돌려주면 오늘의 전화 통화가 없었던 일이 될 수도 있다는 그런 말도 안 되는 생각이었는지도 모른다.

아빠는《삼국지》는 한 장도 읽지 못했지만, 자녀 교육에 관해서는 단 한 페이지도 건너뛰지 않으셨다. 현장에서 일하시며 내가 서울의 아주 유명한 대학교를 졸업하고, 그 비싼 어학연수를 다녀올 때까지 학비를 다 대셨다. 할아버지가 된 지금까지도 꾸준히 일을 하시며 자식과 손녀를 살뜰하게 챙기신다. 툭하면 보내주시는 맥락 없는 용돈의 0을 세다보면 깜짝 놀랄 때가 많다. 어느 위인이 남긴 명언을 나에게 설명해줬다거나 어느 소설책을 추천해준 적은 단 한 번도 없었던 아빠. 하지만 나의 책장이 언제나 가득 채워져 있게 해주셨다. 나는 믿는다. 아빠는 아빠가 할 수 있는 최선의 방식으로《삼국지》든《논리야, 놀자》든《먼 나라 이웃 나라》든 나에게 필요한 책을 읽어준 것이나 다름없다고.

나는 참 많은 사람을 만나왔고, 또 만나며 살 것이다. 소소한 동호회든 친밀한 모임이든 회사의 회의실이든, 나는 늘 대여섯 명 정도의 사람들과 함께 있다. 무표정인 사람, 화가 나 있는 사람, 목놓아 우는 사람, 주먹을 쥐고 있는 사람, 고래고래 소리를 지르는 사람, 그리고 미소를 지어 보이는 사람. 이중에서 가장 센 사람은 누구일까? 나는 미소 짓는 사람이라고 생각한다. 그들은 어쩌면 아주 온 힘을 다해 열심히 웃고 있는 것일지도 모른다. 무엇인가를 지켜내기 위해서 말이다. 목숨 걸고 지켜야 할 것이 있는 사람들은 강하다. 강하고 또 간절한 마음으로 공손하게 웃는 아빠를 생각나게 했던 방콕의 사람들도 마찬가지다. 그들의 미소는 무엇을 지키고 있는 것일까. 아마도 그들의 가장 소중한 것이겠지. 내 마음속의 강대국, 나는 그들의 웃음을 응원한다.

목숨 걸고 지켜야 할 것이 있는 사람들은 강하다.
강하고 또 간절한 마음으로 공손하게 웃는 아빠를
생각나게 했던 방콕의 사람들도 마찬가지다.

Afternoon of Stockholm

모두가 부러워하는

그 사람처럼

멋진 인생을 사는 방법

어서 일어나

오늘 하루부터 멋지게 시작하는 것

스톡홀름의 오후

"너도 빛난다. 너는 모르겠지만."

스톡홀름은 나의 신혼여행지다. 오슬로-베르겐-스톡홀름-탈린-헬싱키. 이렇게 다섯 개의 도시로 허니문을 떠났다. 그 중 내가 가장 좋아했던 도시가 바로 스톡홀름이다. 역사적으로 한 번도 서러운 눈물을 쏟아본 적이 없는 도시. 이 도시가 자신이 갖고 있는 강인함과 부유함을 보여주는 방식은 참으로 우아하다. 과하게 힘을 주어 어깨를 부풀리거나, 주먹을 세게 쥐어 보이거나, 테이블 위에 명품 가방을 보란 듯이 올려놓는 일이 없다. 자신이 가진 힘을 굳이 자기 입으로 표현하지 않는 도시. 오히려 똑 떨어지는 깔끔한 미소로 자기가 얼마나 여유로운지를 보여준다. 그리고 그것은 상대방을 은근히 압도하는 힘을 가지고 있다.

그래서인지 스톡홀름의 공기 속에 떠다니는 빛깔, 물기, 냄새, 소음 그리고 티끌까지도 나를 은근히 압도하는 것 같았다. 상황으로 비유하자면 키가 훤칠하고, 피부는 맑으며, 옷매무새가 깨끗한 아가씨를 마주한 듯한 느낌이다. 그러니까,

인생에 고단했던 구절이 하나도 없어 보이는 아가씨의 상큼한 얼굴을 아무런 마음의 준비 없이 정면으로 마주쳤을 때. 나의 못생기고 꾀죄죄한 모습을 온 세상에 들켜버린 느낌이 든다. 스톡홀름을 여행하는 내내 그런 압도적인 부러움이 갑자기, 툭 튀어나와 자꾸만 나의 생각을 길어지게 했다.

스톡홀름의 골목에서 마주친 사람들 역시 내 눈에는 한없이 좋아 보였다. '저 푸른 눈으로는 무엇을 응시해도 미술관에 걸린 작품을 감상하는 것 같겠구나.' '저 곧고 단단한 어깨를 들썩이며 쏟아내는 신비한 언어가 마치 노래 같네.' '저 얼굴로는 아무리 못된 말을 해도 기분 나쁘지 않을 것 같아.' 이렇게 길거리에서 잠깐 스쳐 지나가는 것만으로, 나는 그들의 일상 전체에 대한 단단한 착각에 빠져버렸다. 이것은 아마도 여행자가 현지인을 들여다볼 때 생기는 특유의 색안경 때문인지도 모른다. 찬란한 도시 스톡홀름에서, 그것도 유난히 빛이 좋은 오후에, 잠깐 스쳐 지나간 사람들을 보며 내 멋대로 상상해보는 그들의 일상. 그것은 내가 떠나온 서울의 꼬질꼬질한 시간들과는 달리, 낭만과 우아함으로 뻥튀기되고 있었다.

사실 이런 일은 어디에서나 일어난다. 멀리 스톡홀름까지 떠나지 않아도 여기 서울에서, 나의 동네에서, 학교에서, 회사에서 흔히 있는 일이다. 다른 사람의 성격으로는 살아보질 않아서 세상 사람들 모두가 그렇다고는 확신할 수는 없지만, 나에게는 지금까지도 종종 일어나고 있는 일이다. '여기 사는 사람들은 하나같이 다 좋아 보여'라는 생각이 들게 했던 스톡홀름의 오후처럼, 살다보면 모든 것이 나보다 좋아 보이는 사람들을 마주친다.

'여기 사는 사람들은 하나같이 다 좋아 보여'라는
생각이 들게 했던 스톡홀름의 오후처럼,
살다보면 모든 것이 나보다 좋아 보이는 사람들을 마주친다.

카페에서 주문하려고 줄을 서 있는 순간에도 방심할 수 없다. 어디선가 "페퍼민트 한 잔이요." 하고 상쾌한 목소리가 들려 고개를 들자 하필 마음을 빼앗길 정도로 단정한 옷차림에 매력적인 얼굴을 한 또래의 여자가 거기에 서 있을 때. '와, 저 사람 진짜 우아하다. 셔츠도 구두도 근사하고, 메뉴도 남다르잖아. 페퍼민트라니… 여기서 그런 걸 팔았단 말야?'라며 나는 그 사람에 대한 생각을 끌고 멀리 달려가기 시작한다. 마치 드라마 속 인물을 만들어내듯이 말이다. '직업은 뭘까? 건축가? 플로리스트? 아냐, 흔하지 않으면서도 그리 피로하지 않은 일을 하는 사람 같아. 경제적으로도, 정서적으로도 꽤 여유 있어 보였어. 나보다 어린가? 결혼은 했을까? 인기 많겠지….' 그러다보면 그 낯선 여인은 어느새 내 머릿속에서 '멋진 인생을 사는 게 분명한 사람'이 되어버린다. 심지어 어느 우울한 밤에는 '아, 난 왜 그렇게 살지 못할까'라는 기대치 못했던 결말 앞에 선 나를 발견하기도 한다. 웃기고 창피한 일이다. 어쩌다 고작 20초 정도 관찰한 사람을 두고 별생각을 다 하니 말이다.

아마도 사춘기 소년소녀들의 교실에서, 지하철에서, 여자 화장실 또는 남자 화장실에서, 핫플레이스라고 불리는 모든 곳에서, 이런 일이 꽤나 있을 거라고 생각한다. 짧게 스쳐가는 낯선 사람들의 모습에 나를 비교하며 꼬르륵 소리를 내는 마음속 어딘가를 움켜쥐는 일. 누군가 이 대목에서 '아! 나도 그러는데. 나만 그런 게 아니었나봐.'라고 생각할까? 그렇다면 반가워요, 나와 같은 취미를 가진 사람들. 반면에 '뭐야, 난 절대 안 그러는데. 너무 찌질하다.'라고 생각하는 사람도 있을 것이다. 쿨한 후자들보다는 아무래도 전자의 사람들이 나처럼 문득 생각이 길어지는 때를 많이 겪어봤을 것이다. 그런 사람들과 공감하기 위해 내가 지금까지도 기억하는 몇몇 장면들을 소개해본다. 되돌아보니 웃음이 날 정도로 사소한 순간들이다. 하지만 지금까지도 또렷하게 기억나는 걸 보면 이 '마음속 시장기'라는 것은 세상에 존재하는 것이 분명하다.

아홉 살 때, 나는 운 좋게 방과 후 특별활동으로 바이올린을 배울 수 있었다. 함께 바이올린을 배우던 친구의 손가락 마디가 참 그럴 듯하게 굽어 있었는데, 이상하게도 나는 그 손가락이 참 마음에 들었다. 바이올린 활을 쥐려면 오른손 두 번째 손가락을 디귿자로 구부려야 한다. 그 친구의 손가락이야말로 활을 쥐기에 꼭 알맞아보였다. 하지만 활을 쥐고 있지 않을 때도 친구의 손가락이 자꾸만 내 눈에 밟혔다. 어떻게 하면 손가락이 그렇게 딱 알맞게 굽을 수 있을까? 왠지 모를 부러움에 두껍고 못생긴 내 손을 몇 번이고 일부러 구부려보곤 했다.

열다섯 살 때, 그러니까 그 유명한 중2가 되었을 때, 학교에서는 라코스테 악어가 그려진 카디건을 교복 위에 덧입는 것이 유행이었다. 어느 방과 후 청소 시간, 한 친구가 창가에 서서 그 카디건을 툭툭 두드리며 먼지를 털어내는 것을 우연히 보게 되었다. 워낙에 예쁜 얼굴과 마른 몸매로 학교에서 유명했던 친구. 모두가 교복을 입고 다녔지만 그중에서도 '옷을 잘 입는 친구'로 손에 꼽혔다. 그건 아마도 분위기나 태가 달랐기 때문일 테다. 그런 친구였으니 창가에 서서 카디건을 터는 모습마저도 내 눈에는 당연히 예뻐 보였다. 물론 나에게는 그런 카디건도, 얼굴도, 몸매도 없다고 생각하니 더욱 좋아 보였는지도 모른다.

스무 살 때는 첫 MT를 떠나는 날부터 그런 일이 있었다. 서울도, 대학도, MT도 모두 처음이었던 나는 버스에 앉아 말없이 눈동자만 바삐 굴리고 있었다. 그러다 조금 늦게 버스에 올라타는 한 친구에게 시선을 빼앗겼다. 그런데 그 이유가 좀 특이했다. 그녀가 자신과 전혀 어울리지 않는 가방을 메고 있었기 때문이다. 그리고 웃기게도, 사람과 가방이 서로 어울리지 않는다는 그 점이 나의 생각을 길게 늘어뜨리고 있었다. 누가 봐도 남자 형제에게서 물려받았거나 잠시 빌려온 것 같은 낡은 농구 가방. 그 가방으로 미루어보면 그녀는 내가 드라마에서나 보던 '서울 가족'의 막내딸인 듯했다. 가방을 빌려달라고 말할 오빠가 바로 옆방에 있고, 거실에는 이제 막 새내기 대학생이 된 딸의 모습을 흐뭇하게 지켜보는 부모님이 앉아 계신 장면이 떠올랐다. 나는 시골에서 서울로 유학을 와 외로이 지내는 내 모습을 거기에 비춰보았다. 수화기 너머로 겨우 안부 인사를 전했던 아빠 엄마의 사투리도 아득히 들리는 것 같았다. 이내 나의 생각은 버스보다 더 빠른 속력으로 어디론가 멀리 달려가고 있었다.

유난히 날씨가 화창한 날, 사람들은 스마트폰을 꺼내 빛 좋은 하늘을 사진으로 찍어둔다. 그것과 비슷한 마음으로, 나는 남들이 가진 빛 좋은 모습들을 남몰래 관찰하며 마음으로 찰칵 찍어둔다. 그러고는 저장해뒀던 장면 몇 개를 시나브로 꺼내보며 그 사람에 대한 상상을 한다. 그것도 아주 좋은 쪽으로만. 이것도 나의 오래된 취미라면 취미, 갈고 닦은 스킬이라면 스킬이다. 다만 이 웃기고 창피한 재주에는 한 가지

주의해야 할 점이 있다. 그들의 가장 빛나는 오후를 나의 가장 어두운 밤과 비교하지 말아야 한다는 것. 왜냐하면 제아무리 잘난 사람도 하루 종일 빛날 수는 없으니까. 그들의 빛좋던 오후도 시간이 지나면 깜깜한 밤이 될 것이니까. 덮어놓고 부러워할 일만은 아니다.

내가 본 스톡홀름 사람들도 쌀쌀한 아침이나 깜깜한 밤에는 그들 나름의 남루한 일상을 버텨내고 있을 것이다. 우아한 피아노 연주가 흘러나오고 있는 라디오의 주파수를 몇 눈금만 옆으로 옮겨보면, 언제 그랬느냐는 듯 오늘의 사건사고 소식이 쏟아져나오는 것과 비슷하다. 그들도 내가 관찰했던 잠깐의 시간을 제외한 나머지 시간에는 나와 별반 다를 게 없을 것이다. 아침에 출근하자마자 상사의 잔소리로 괴로워하고, 중요한 발표를 앞두고 멈춰버린 윈도우 때문에 멘탈이 붕괴되고 있을지도 모른다. 그들도 회의 시간 내내 발가락을 꼼지락거리며 신발 밑창에 진득하게 달라붙은 양말을 떼어내고 있을지 누가 알겠는가. 집으로 돌아와 차려 먹는 저녁 메뉴라고 해봐야 눅눅해진 빵과 고기 몇 점이 전부인 날이 허다할 것이다. 그러다 밤이 되면 구겨진 영수증을 펼치며 계산기를 두드리겠지. 집 안 곳곳에 낡은 세탁물이 널려 있고… 또 모른다. 누군가는 접시가 깨지는 유난히 위태로운 새벽을 보내고 있을지도.

이렇게 그들의 가장 초라한 모습과 나의 가장 빛나는 모습을 비교하면, 이번엔 거꾸로 저쪽이 꼬르륵하며 마음속 시장기를 느낄 것이다. 스톡홀름 사람이나 서울 사람이나 시간대만 몇 눈금 바꾸어보면 처지가 비슷해진다. 그러니 누굴 마주치든 괜한 부러움으로 자존감을 구길 필요가 없다는 것이다.

모든 것이 찬란하게 빛나던 스톡홀름의 오후. 그 빛이 너무 환해서 나의 꼬질꼬질한 속사정까지도 숨김없이 다 비추던 그 오후를 돌아본다. 이제 더 이상 '좋아 보이는' 사람들의 모습들 앞에서 주눅들지 않는다. 그들을 보며 내 마음이 훌

쭉해졌던 이유는 단지, 그들이 가장 빛나는 오후에 그들과 마주쳤기 때문이니까. 내가 나의 빛나는 오후에 도착했을 때는, 그들도 그들의 배고픈 밤을 맞이했을 테니까. 나는 이제 알고 있다. 똑똑해 보이고, 잘나가 보이고, 좋아 보이고, 있어 보이는 모든 것들이 그저 돌고 도는 시간과 같은 것임을.

빛이 좋은 오후 3시가 되었다고 자만할 일도 아니고, 답 없이 깜깜한 밤 11시가 되었다고 슬퍼할 일도 아니다. 밤 11시가 되지 않는 오후 3시는 없다. 월요일이 되지 않는 금요일도 없고, 퇴근 시간이 되지 않는 출근 시간도 없다. 그러니 지금 이 순간에도 누군가의 빛나는 모습을 보며 마음에 꼬르륵 소리를 내는 나의 동지들이여, 우리 그렇게 믿읍시다. 우리도 빛 좋은 어느 한때가 되면, 누군가가 몰래 수집해둘 만큼 충분히 '좋아 보이는 사람'이라고.

그녀의 가장 초라한 모습과
나의 가장 빛나는 모습을 비교하면,
이번엔 거꾸로 시작이 초라해지며
마음속 시샘거리를 느낄 것이다.

Afternoon of Helsinki

하늘이

몇 뼘이나 높아졌는지

재어보고

바람이

얼마나 보드라워졌는지

만져보는 것

구름이

몇 개나 걸렸는지

세어보고

달이

얼마나 차올랐는지

지켜보는 것

비타민 몇 알보다

당신을 더 건강하게 해줍니다

헬싱키의 오후

"진짜 잘 사는 사람들."

고민이라는 것을 눈으로 볼 수 있다면 어떨까. 공장 굴뚝에서 연기가 피어나는 것처럼, 물 끓는 냄비에서 수증기가 올라오는 것처럼, 고민이라는 것도 보글보글 끓어오르는 모양새를 가졌다고 생각해본다. 주로 아득한 밤에, 잠들지 못한 베갯잇 위의 머리들마다 고민이 끓고 있을 것이다. 그 고민의 내용은 셀 수 없을 만큼 다양하겠다. '대출 언제 다 갚지?'인 사람이 있는가 하면 '확 질러버릴까?'인 사람이 있을 것이다. '올해도 취업 못하면 어쩌지?'로 머리를 끓이는 사람이 있는가 하면 '확 사표 내버려?'가 고민인 사람도 있다. 그런가 하면 '내가 누군가를 사랑할 수 있을까?'와 '내가 먼저 헤어지자고 말할까?' 그리고 '그냥 고백해버릴까?'까지. 각자의 사정에 따라 다르게 생긴 물음표들이 머릿속에서 보글보글 데워지고 있을 것이다. 그 모든 물음표들을 아주 심플한 모양새로 다듬어보면 결국 이것이다. '그래서, 나는 어떻게 하면 잘 살 수 있을까?'

앞서 말했듯이 나는 북유럽으로 신혼여행을 다녀왔다. 교집합이 더욱 커지고 또 단단해진 남편과 내가 15일간 북유럽을 여행하며 했던 질문 역시, 그것이었다. '그래서, 우리는 어떻게 하면 잘 살 수 있을까?' 잘 사는 방법에 대한 답을 찾고 싶은 마음은 여행을 가기 훨씬 이전부터 작용하고 있었는지도 모른다. 천국 같은 휴양지가 아닌, 북유럽의 여러 도시들로 신혼여행지를 정했을 때부터 말이다. '행복하게 잘 산다고 소문난 저 북유럽 사람들처럼, 우리도 잘 살 수 있을까?' 모쪼록 신혼여행이 끝나기 전에 이 질문에 대한 답을 찾기를 바랐다. 명쾌한 실마리를 얻게 된다면 결혼이라는 긴 여정에 요긴한 가이드로 삼을 수 있으리라 믿었다.

우리는 노르웨이-스웨덴-에스토니아-핀란드 네 개의 나라를 돌아봤고, 오슬로-베르겐-스톡홀름-탈린-헬싱키 다섯 개의 도시에 머물렀다. 헬싱키는 가장 마지막 순서로 여행한 도시다. 우리는 그중에서도 디자이너 알바 알토의 집을 가장 좋아했다. 알바 알토는 핀란드 아니, 북유럽을 대표하는 건축가이자 디자이너다. 그는 사람과 자연이 가진 곡선에서 많은 영감을 받았다. 하지만 당시는 똑 떨어지는 직선과 금속 소재를 사용하는 것이 규율과도 같았던 모더니즘 시대였다. 그럼에도 불구하고 그는 자신의 감각과 신념을 따랐다. 금기시되었던 유려한 곡선을 디자인에 많이 활용했다. 그리고 지금, 알바 알토는 북유럽 디자인 그 자체를 말하는 대명사가 되었다.

알바 알토가 그의 아내 아이노와 함께 생전에 지었던 집은 '알바 알토 하우스'라는 이름으로 사람들에게 공개되어 있다. 그가 아내와 직접 가꾼 삶의 공간을 둘러보는 것. 그것은 어쩌면 그가 가진 감각의 가장 솔직한 부분을 보는 것인지도 모른다. 알바 알토라는 사람의 명성에 비해 집은 아주 소박했다. 대리석이나 값비싼 자재가 아니라 나무, 유리, 흰 벽, 그리고 햇빛이 주된 구조를 이루었다. 하지만 모든 것을 다

담을 수 있는 그릇으로 충분했다. 집 안의 소품들은 실제로 쓰였음직한 것들로, 전시되어 있다기보다는 잘 놓여 있는 모습이었다.

알바 알토의 집은 빈집이었다. 고인이 된 주인은 집 안에 없었다. 하지만 나는 집 안 구석구석에서 그의 모습들을 유추할 수 있었었다. '햇빛을 조명 삼아 피아노를 연주하고, 소파에 앉아 책을 읽고, 유리창 앞에 화분을 가져다두거나, 유리컵을 닦아 나무 선반 위에 올려두고… 그렇게 각자의 자리에서 각자의 휴식을 취하던 사람들은 이따금씩 여기 이 화롯가에 모일 테고… 해가 누우면 나무 식탁에 촛불을 켜놓고 저녁 식사를 하겠지. 조용한 날이 있고, 또 떠들썩한 날도 있겠다…' 나는 알바 알토와 그의 아내가 했음직한 생활의 동작들을 상상하기 위해 계속 머리를 굴려보았다. 하지만 어째 그려지는 그림은 보통 사람들이 살아가는 모습과 비슷했다. 내가 서울에서 늘 하던 생활들과 크게 다르지 않았다. 다만, 그런 것들이 좀 더 정성스럽고 느린 속도로 그려지고 있을 뿐이었다. 그러고 보니 '잘 산다'라는 말은 '돈' 혹은 '특별함'과는 아무런 관계가 없다. 예전에는 '잘 사는 사람'이 '돈이 많은 사람' 혹은 '특별하게 사는 사람'으로 통했던 것 같다. 하지만 요즘에는 전혀 그렇지 않다. 친구들과 대화를 해보면 알 수 있다. 유별난 일들을 벌이며 사는 사람에 대한 소식을 들었을 때, 우리는 그 사람이 잘 살고 있다는 뜻으로 듣지 않는다. 돈을 많이 버는 사람에 대한 소식 또한 그렇다. 잘 사는 것과 돈을 많이 버는 것은 엄연히 다른 모습으로 이해된다. 요즘에는 잘 산다, 못 산다는 평가를 내리기 위해 필요한 근거는 '시간'인 경우가 많다. 생활을 돌보고, 자신을 정돈하고, 공간을 가꿀 수 있는 여유가 있는 사람. 홀로 바쁘게 버티는 것이 아니라 가족, 애인 혹은 친구들과 애틋한 마음을 주고받을 시간이 있는 사람. 무엇인가를 결정하기 위해 충분히 고민할 여유가 있는 사람. 아침, 오전, 오후, 저녁, 밤을 미끄러지며 관통하지 않고 발끝으로 꼼꼼하게 디디며 보내는 사람. 아주 당연한 일들을 여유롭게 해내는 사람. 그런 사람들이야말로 진짜 잘 사는 사람들이다.

2016년 이른 봄. 디자인을 전공하는 대학생들에게 강의를 했던 적이 있다. 우습게도 아기를 낳기 한 달 전, 그러니까 커다란 풍선처럼 배가 부풀었을 때의 일이다. 교수가 된 선배가 나에게 카피라이팅 특강을 제안했다. 나는 무조건 한다고 했다. 너무 반갑고 소중한 기회라서 내가 만삭 임산부라는 생각은 미처 하지 못했다. 하지만 조금은 생각을 했어야 했다. 강의 내내 숨을 헐떡거렸기 때문이다. 문장 하나를 끝까지 잇지 못하고 "저 심호흡 좀 할게요."라고 말하며 마이크를 내려놓기 일쑤였다. 배가 불러 체력이 떨어진 탓이기도 했고, 또 긴장된 마음 탓이기도 했다. 그때 강의를 들었던 학생들은 나를 뭐라고 생각했을까. 속으로 많이 비웃었다 해도 할 말이 없다.

그리고 한 달이 지났다. 나의 강의를 들었다는 학생으로부터 메일을 받았다. 살면서 강의를 단 한 번 해보았기 때문에 어느 강의를 들은 학생인지 대번에 알 수 있었다. 그 학생은 나에 대한 인터뷰를 요청해왔다. 기꺼이 한다고 했다. 그 학생에게 조금이라도 도움이 된다면 그날의 헐떡임을 뒤늦게나마 보상해줄 수 있을 거라 생각했다. 이번에는 메일로 보내온 질문에 답을 보내주는 형식이니 숨을 얼마든지 헐떡대도 되는 것은 물론이고 말이다.

열댓 개의 질문 중에 하나의 질문이 기억에 남는다. “광고의 영감은 주로 어디서 얻으시나요?” 아주 기본적인 질문이었다. 하지만 한 번도 진지하게 생각해본 적은 없는 질문이었다. 나에게 아이디어가 떠올랐던 순간들을 차분히 되돌아봤다. 그리고 나의 대답은 이러했다. “저는 ‘생활’ 그 자체에서 많이 얻는 편입니다. 빨래를 개다가 누렇게 변한 셔츠를 발견하는 것. 바지락을 넣은 된장찌개를 끓여보는 것. 그것을 가족과 나누어 먹고 나서, 디저트로 먹을 아이스크림 내기 가위바위보를 하는 것. 배영에 도전해보는 것. 수영복을 직접 손으로 세탁해 베란다에 널어 말려보는 것. 이러한 생활의 디테일에서 말이죠."

학생이 보내온 질문에 성실히 답을 하며 나는 헬싱키의 오후를 떠올렸다. 알바 알토의 집에서 겨우 평범한 사람들의 모습밖에 상상할 수 없었던 오후를 생각했다. 그리고 마침내 "어떻게 하면 잘 살 수 있을까?"에 대한 명확한 답을 내렸다. 나는 그 학생에게 보낸 답 이상으로 잘 살 수가 없다. 그렇게 사는 것이, 내가 나로서 잘 살 수 있는 방법이기 때문이다. 진짜 잘 사는 사람들은 자신의 인생을 송두리째 바꾸려고 하지 않는다. 자신의 생활이 갖고 있는 나름의 빛을 의심하지 않는다. 나는 북유럽 사람이 아니다. 나는 한국에서 태어난 한국 사람이다. 바쁘고, 비싸고, 더럽고, 위험하고, 뿌옇기로 소문난 서울에서 살고 있다. 이곳에서 나는 알바 알토처럼 살 수 없다. 내가 잘 사는 방법은 내가 나로서, 또 여기에서 잘 사는 방법이어야 한다. 그렇기에 나는 나의 생활에 마음을 집중해야 한다. 다만 조금 느린 박자로, 정성스럽게, 유쾌한 표정으로 말이다. 결국 내가 원했던 것은 '잘 사는 것'이지 '북유럽 사람들처럼 사는 것'은 아니니까.

5월의 헬싱키에는 백야가 시작된다. 밤 10시가 되면 그제야 해가 한풀 꺾여 거리를 다니기에 딱 좋은 빛이 맴돈다. 아주 길고 긴 오후를 보내고 있는 것과 같다. 자려고 누웠다면 머릿속에서 고민을 보글보글 끓여냈을 시간. 남편과 나는 그 시간의 빛을 따라 산책을 했다. 그렇게 마음이 가뿐한 밤 10시는 오랜만이었다. 하루가 저물고 있었음에도 초조하지 않았다. 신혼여행을 떠나오기 전에 '우리가 저 사람들처럼 잘 살 수 있을까?'라고 고민했던 것이 우스워졌다. 잘 사는 게 별건가. 잘 사는 건 별게 아니다. 잘 사는 일이 별일이 될수록 못 살고 있음의 증거가 된다.

심미안 있는 사람들은 자신의 인생을 노후기에 미루려고 하지 않는다.
자신의 취향이 깃들 공간을 더 좋은 방을 만들어 간다.

epilogue

You and My Afternoon

당신과 나의 오후

"이유 없이, 마음을 한 대 맞았을 땐 말이죠."

이만큼 페이지를 넘기셨다면 이미 알고 계실 거라고 생각됩니다. 이 책은 제가 여행을 했던 열두 개의 도시에 대해 이야기하고 있습니다. 하지만 그 도시들을 여행하는 데 도움이 되는 실전 팁 같은 것은 여기에 없습니다. 되려, 하루하루 평범하게 살다보면 갖게 되는 여러 가지 마음에 대한 묘사가 대부분입니다. 사회 생활을 시작하면서 한 가지 느낀 점이 있습니다. 매일매일은 짧은 여행과도 같다는 것입니다. 똑같은 한국말로 대화를 하는데도 사람마다 구사하는 언어가 미묘하게 다릅니다. 이 친구에게는 우정의 표시인 몇 마디 농담이 저 친구에게는 기분 나쁜 말이 될 수도 있습니다. 즐겨 먹는 음식, 즐겨 입는 복장, 편안하게 느끼는 문화도 사람마다 미세하게 다릅니다. 그러다보니 내가 편한 방식으로 먹고 입고 말했을 뿐인데, 누군가는 불편한 얼굴을 할 때가 있습니다. 누군가가 너무 자기 편한 대로만 하면 나도 기분이 나쁠 때가 있었습니다. 이쯤 되면 우리는 매일 '다른 사람'이라는 미지의 세계로 여행을 하는 것이 맞습니다.

이렇게 사람과 사람 사이를 여행하다보면 불미스러운 사고가 일어날 때도 있습니다. 가장 억울한 경우는 이유 없이 마음을 한 대 맞았을 때입니다. 아주 사납고 못된 말로 상처를 주는 사람이 있습니다. 그럴 만한 이유가 없는데도 말입니다. 내가 혹시 말실수를 했나? 나도 모르게 무례한 행동을 했나? 아무리 되짚어보아도 이해가 가지 않아 억울한 밤들이 있습니다. 저는 사회 생활을 시작한 첫해와 그 이듬해에 종종 그런 일이 있었습니다. 이해할 수 없는 맥락에서 쌀쌀맞은 대답을 들었던 적이 있습니다. 아무런 대답을 듣지 못해 상처가 된 날도 있었습니다. 백 번을 양보해 생각해도 이건 좀 너무한다 싶을 만큼 무례한 대접을 받을 때도 있었습니다. 그 사람이 사용하는 특유의 언어, 대화법, 문화를 아무리 헤아려보아도 이해가 되지 않는 지점이었습니다.

여러분도 이런 경험이 있었을 겁니다. 학교나 직장의 누군가가 아주 못된 말투로 트집을 잡을 때. 그런데 그 트집이 상식적으로 이해가 가지 않을 때가 있죠. 불필요할 만큼 화를 내며 나를 몰아세우는 사람을 만날 때도 있습니다. 이미 커뮤니케이션은 다 된 것 같은데 아직도 남아 있는 감정의 찌꺼기를 소모하느라 계속 화를 내는 사람들입니다. 아주 사적인 영역을 침범하며 사람을 민망하게 만드는 경우도 있습니다. 사는 동네나 출신 학교, 입은 옷의 브랜드, 애인이 있는지 없는지, 있다면 그 애인이 부자인지 아닌지, 그런 불쾌한 질문들로 말입니다. 이런 순간들은 마치 여행 도중에 소매치기를 당했을 때와 같은 억울함을 가져다줍니다. 다짜고짜 욕을 퍼부으며 출입을 거부하는 현지인을 만났을 때. 그런 때의 당혹감과도 비슷합니다.

여러 사람들에게로 짧고 긴 여행을 다니며 저는 이제 30대에 들어섰습니다. 아직 노련한 베테랑이라고는 말할 수 없지만 그래도 확실히 깨달은 것이 하나 있습니다. 그래서 이렇게, 글을 마무리하면서 여러분에게 팁을 드립니다. 앞서 말한 것처럼 당혹스러운 상황에 도착했을 때, 그 원치 않는 여행지에서 무사히 돌아오는 방법이 하나 있습니다. 아주 간단합니다. 이유 없이 내 마음을 때리는 사람을 만나면, 다음에 이어질 저의 말을 기억하면 됩니다.

"그 사람은 지금 당신을 부러워하고 있습니다."

나는 미처 눈치채지 못했지만, 그 사람에게 없는 무언가가 나에게 있을 것입니다. 젊음일 수도 있고 지식일 수도 있습니다. 귀여운 외모, 넉넉한 돈, 유머 감각이나 세련된 취향일 수도 있습니다.

내가 갖지 못한 것을 남이 갖고 있는 것을 확인할 때 사람의 마음은 뾰족해지기 마련입니다. 내가 갈망하는 것을 누군가는 아무 노력 없이도 누리고 있다고 생각되면 마음이 바짝바짝 타들어갑니다. 그럴 때 마음을 가다듬지 못하면 못된 말이 툭 터져 나옵니다. 이유 없이 화를 내고 또 미운 얼굴을 하게 됩니다. 그게 사실은 이유가 있는 것입니다. 문제는, 당하는 상대방은 아무것도 모른다는 겁니다.

제가 겪었던 몇몇 당혹스러운 순간들도 실제로 그랬던 것 같습니다. 누군가는 나처럼 젊지 못했고, 누군가는 나보다 일을 못했고, 또 누군가는 나보다 예쁨을 받지 못했던 것 같습니다. 또 몇몇 경우는 '나의 어딘가가 부러워서 그랬을지도 모르겠다' 하고 혼자 그리 생각해버렸습니다. 그렇게라도 이해를 해야 나도 나의 억울함을 종결하고 앞으로 나아갈 수 있습니다.

저는 여태까지 만났던 사람들보다 앞으로 더 많은 사람들을 만나며 살아가야 합니다. 여러분도 그러시겠지요. 다른 사람에게로 떠나는 길고 짧은 여행은 평생을 두고 해야 할 일입니다. 참 재밌는 일이기도 합니다. 똑같은 사람은 단 한 명도 없기 때문입니다. 또 그래서 가끔은 예상치 못한 어퍼컷을 맞을 때가 있습니다. 그럴 때면 이렇게 생각하고 웃으면 됩니다.

'저 사람, 나의 어딘가를 부러워하나보다.'

그리고 참고사항을 하나 덧붙입니다. 사실 이게 더 중요합니다. 우리는 이것을 거꾸로도 생각해보아야 합니다. 나에게 딱히 잘못한 것이 없는데 상대방에게 괜히 일침을 놓고 싶을 때. 이유 없이 확 긁어놓고 싶은 사람이 생겼을 때. 그건 바로 나에게 없는 것을 그 사람이 가지고 있기 때문은 아닌지 생각해봐야 합니다. 타고난 밝음, 유쾌한 위트, 우아한 외모… 나에게 없는 것을 그 사람은 갖고 있어서, 나도 모르게 샘이 나서 그러는지도 모릅니다. 나는 사는 게 힘든데, 그 사람은 사는 게 참 쉬워보여서 그럴 수도 있습니다. 그렇게 마음의 뾰루지가 올라올 때는 터뜨리거나 긁지 말고 가만히 놔둬야

합니다. 자꾸 건드리고 싶겠지만 모른 척하는 게 상책입니다. 그런 부러움은 잘 먹고 잘 쉬고 잘 지내다보면 잊히기 마련입니다.

"좋은 오후를 사는 사람이 되어라."

원래 이 글들은 딸 로엘이에게 주려고 쓴 것이었다. 배가 봉긋하게 불러오던 2년 전, 태어날 아기에게 아주 값진 선물을 주고 싶다는 생각을 했다. 오랜 고민 끝에 나는 딸에게 책 한 권을 만들어주기로 했다. 어른이 된 후로 나는 오후라는 시간을 잊고 지내게 되었다. 늘 바빴기 때문이다. 오후라는 귀한 시간을 만날 수 있었던 건 어쩌다 멀리 여행을 떠났을 때

뿐이었다. 그렇게 공들여 만난 오후들은 내가 살면서 깨달은 것들을 전부 꺼내어 다시 반듯하게 개어둘 수 있는 여유를 주었다. 그때 머릿속에 정돈해둔 인생의 팁들을 책으로 엮어, 딸에게 물려주려고 한다.

앞서 길게 풀어놓은 내용들을 몇 가지 간추려보면 이렇다. 계절은 늘 되돌아오니 종종거리면서 살지 말 것. 내가 가진 것이 별 볼 일 없는 취미나 취향뿐이라면 오히려 그것을 아주 오래 지속해볼 것. 시간이 쌓이면 그 자체로 훌륭한 멋이 되니까. 힘이 세지고 싶을 땐 오히려 힘을 빼고 웃어볼 것. 넉넉하게 웃는 너에게서 사람들은 은근한 내공을 느낄 테니까. 사람은 먹는 것과 닮기 마련이니 되도록 바르고 즐거운 것을 먹으며 살 것. 음식뿐만 아니라 마음도 여유롭게 먹고, 미소도 싱그러운 것으로 머금을 것. 부드러운 살과 단단한 뼈가 어우러진 건강한 언어들을 입에 담을 것. 그러나 행여나 이것들을 억지로 지키느라 버티며 살지는 말 것. 네가 정한 자연스럽고 편안한 신념이 있다면 그에 맞는 규율을 따를 것. 엄마의 말이 다 옳은 것은 아니니까.

이 글을 읽을 때쯤이면 너는 더 이상 아기가 아니겠구나. 안녕, 소녀 로엘아. 요즘의 너는 어떻게 지내고 있니? 태어난 지 1년이 지난 요즘의 너는 통통하게 살이 오른 두 다리로 마룻바닥을 디디고 서서 대부분의 시간을 보낸다. 그리고 하루 종일 종알거리는데, 안타깝게도 무슨 말인지 알아들을 수가 없네. 아주 조그맣게 속삭일 때도, 놀랄 만큼 커다랗게 소리를 지를 때도 있어. 그것을 한 음절도 놓치지 않고 전부 알아듣고 싶은 내 마음과 달리 너는 참으로 희한한 언어를 구사하고 있다. 늘 답답한 것은 엄마인 나의 몫이라고 생각했는데, 따지고 보니 너 또한 내가 하는 말 대부분을 못 알아듣겠구나. 서로의 빼끔대는 입을 쳐다보며 갸우뚱대는 초보 싱크로나이즈 선수 같은 우리. 참 귀엽고도 답답한 커뮤니케이션의 날들이다. 하지만 나는 지금이 참 좋아.

앞으로 많은 일이 있을 거야. 웃는 날이 있는가 하면 우는 날도 있겠지. 모두가 나를 주인공처럼 반겨주다가도 또 언제 그랬느냐는 듯 매섭게 등을 돌릴 거야. 엄마 마음 같아서는 네가 아무런 슬픔도 느끼지 않도록 고된 부분은 대신 살아주고 싶다. 물론 그럴 수 없겠지. 그렇게 할 수 있다 해도 그것이 결코 너를 돕는 일이 아님을 잘 안다. 그리고 무엇보다, 나는 로엘이가 가지게 될 힘을 믿어. 너 또한 너를 굳게 믿어주어라.

어느 흔들리는 순간에는 이 책에 의지해도 좋아. 이 책이 고마울 때도 있을 것이고, 실망스러울 때도, 무책임하다고 느껴질 때도 있겠지만 말이야. 로엘이가 이 책을 두고두고 읽어준다면, 엄마는 그 어떤 일을 했을 때보다 보람을 느낄 거야. 머리맡에 두고 보는 성경 같은 책은 감히 꿈꿀 수 없겠지. 하지만 낮은 선반에 꽂아두는 레시피북처럼, 피아노에 늘 펼쳐져 있는 연주곡집처럼 될 수는 있을 거야. 이 책이 로엘이의 인생 한편에 오래 놓여 있다가, 어느 절묘한 순간에 도움을 주길 바란다.

학생이 될 로엘아, 공부 못해도 돼. 그러니 성적표 때문에 속상해서는 안 된다. 어른이 될 로엘아, 돈 많이 못 벌어도 괜찮아. 그러니 주머니 때문에 주눅들어서는 안 된다. 네 인생의 모양과 분위기를 결정하는 것은 오롯이 너의 선택이야. 성적표나 주머니가 함부로 그것을 결정하게 내버려두지 마라. 다만 내가 바라는 것은 이것. 아침의 상쾌함을 알고, 무언가에 집중하는 재미를 느끼는 오전을 보내며, 오후를 날려버리지 않는 인생이기를. 저녁을 다정하고 맛있게 누리며, 밤이 와도 초조하지 않는 사람이기를. 자신을 사랑하고 또 자랑스러워하며, 오늘이 즐거워서 내일이 기다려지는 사람으로 살기를 진심으로 기도한다. 그리고 이 모든 말들을 이렇게 하나로 모아본다. 사랑한다. 로엘아.